HP LOVECRAFT

O CHAMADO DE CTHULHU

E OUTRAS HISTÓRIAS ESTRANHAS

Título original: *The Call of Cthulhu*

Direção Editorial ***Ethel Santaella***

REALIZAÇÃO

GrandeUrsa Comunicação

Direção *Denise Gianoglio*
Tradução *Victória Pimentel*
Revisão *Ana Elisa Camasmie*
Capa, Projeto Gráfico e Diagramação *Idée Arte e Comunicação*

Dados Internacionais de Catalogação na Publicação (CIP)
(Câmara Brasileira do Livro, SP, Brasil)

Lovecraft, H. P., 1890-1937
O chamado de Cthulhu e outras histórias estranhas / H. P. Lovecraft ; tradução Victória Pimentel. -- São Paulo : Lafonte, 2022.

Título original: The call of Cthulhu
ISBN 978-65-5870-265-8

1. Contos norte-americanos I. Título.

22-107556 CDD-813

Índices para catálogo sistemático:

1. Contos : Literatura norte-americana 813

Cibele Maria Dias - Bibliotecária - CRB-8/9427

Editora Lafonte

Av. Profª Ida Kolb, 551, Casa Verde, CEP 02518-000, São Paulo-SP, Brasil – Tel.: (+55) 11 3855-2100
Atendimento ao leitor (+55) 11 3855-2216 / 11 3855-2213 – atendimento@editoralafonte.com.br
Venda de livros avulsos (+55) 11 3855-2216 – vendas@editoralafonte.com.br
Venda de livros no atacado (+55) 11 3855-2275 – atacado@escala.com.br

H P LOVECRAFT

O CHAMADO DE CTHULHU

E OUTRAS HISTÓRIAS ESTRANHAS

Tradução
Victória Pimentel

Brasil, 2022

Lafonte

O Chamado de Cthulhu

É concebível que tais grandes poderes ou seres tenham sobrevivido... sobrevivido de um período extraordinariamente remoto quando... a consciência se manifestava, talvez, em contornos e formas havia muito desaparecidas, antes da maré de avanço da humanidade... formas das quais apenas a poesia e as lendas guardaram uma memória fugidia e as chamaram de deuses, monstros, seres míticos de todos os tipos e espécies...

– Algernon Blackwood

O HORROR EM ARGILA

A coisa mais misericordiosa no mundo, acredito, é a incapacidade da mente humana em correlacionar todos os seus conteúdos. Vivemos em uma ilha plácida de ignorância, em meio a mares negros de infinitude, e não foi destinado que avancemos para tão longe. As ciências, cada uma delas se expandindo em sua própria direção, originaram poucos danos até agora; mas, um dia, a reunião dos conhecimentos separados nos apresentará panoramas aterradores da realidade e da nossa terrível posição nesta, de modo que enlouqueceremos diante das revelações ou fugiremos da luz, rumo à paz e à segurança de uma nova Idade das Trevas.

Os teosofistas teorizaram sobre a incrível grandeza do ciclo cósmico, em que nosso mundo e a raça humana representam incidentes temporários. Sugeriram sobrevivências curiosas em termos que congelariam o sangue, caso não fossem mascaradas por um suave otimismo. Mas não viera deles o único vislumbre das eras proibidas, que, só de imaginar, me dão calafrios e, quando aparecem nos sonhos, me enlouquecem. Tal vislumbre, como todos os pavorosos relances da verdade, tinha surgido graças a uma reunião acidental de elementos isolados – no caso, um velho artigo de jornal e as anotações de um professor falecido. Espero que ninguém mais seja capaz de reunir esses componentes; certamente, se sobreviver, jamais suprirei, de modo consciente, tais elos de uma cadeia tão hedionda. Acredito que o professor, também, pretendia manter-se em silêncio sobre o que sabia, e que teria destruído suas notas se não tivesse sido, de repente, capturado pela morte.

Tive conhecimento sobre o assunto, pela primeira vez, no inverno de 1926 para 1927, em função da morte de meu tio-avô George Gammell Angell, professor emérito de línguas semíticas na Universidade Brown, em Providence, Rhode Island. O professor Angell era amplamente conhecido como uma autoridade em inscrições antigas, e os dirigentes de importantes museus recorriam a ele com frequência, de modo que seu falecimento, aos 92 anos de idade, deve ser recordado por muitos. Na região, o interesse foi intensificado por conta da obscuridade que cercara a causa de sua morte. O professor tinha sofrido um ataque enquanto retornava de barco, de Newport, desabando de repente, como afirmaram as testemunhas, depois de ter sido empurrado por um homem negro, que aparentava ser um marinheiro e que teria vindo de um dos cantos estranhos e obscuros na encosta íngreme que formava um atalho entre a orla e a casa do falecido na rua Williams. Os médicos não conseguiram identificar nenhum transtorno visível, mas concluíram, depois de um confuso debate, que alguma lesão cardíaca desconhecida, provocada pelo esforço da intensa subida de uma encosta tão inclinada, por um homem tão idoso, fora responsável pelo fim. Na época, não vi razão alguma para discordar do diagnóstico, mas, nos últimos tempos, tenho estado inclinado a duvidar dele – e ainda mais que duvidar.

Por ser herdeiro e testamenteiro de meu tio-avô – pois, quando falecera, era viúvo e não tinha filhos –, esperava-se que eu examinasse seus papéis com certa atenção; e, para tanto, trouxe todo o seu conjunto de arquivos e caixas para minha casa, em Boston. Grande parte do material correlacionado será ainda publicada pela Sociedade Americana de Arqueologia, mas havia um caixote que julguei extremamente enigmático, e me senti muito avesso à ideia de revelá-lo a outros olhos. Estava trancado, e eu ainda não havia encontrado a chave, até que me lembrei do chaveiro que o professor carregava em seu bolso e resolvi examiná-lo. Então, de fato, obtive sucesso e consegui abri-lo, mas, quando o fiz, foi apenas para ser confrontado com uma barreira maior e mais cuidadosamente bloqueada. Pois qual seria o significado daquele estranho baixo-relevo de argila e das anotações, das divagações e dos recortes desconexos que eu havia encontrado? Teria meu tio, em seus últimos anos de vida, passado a acreditar nas mais superficiais mentiras? Decidi, então, procurar pelo excêntrico escultor responsável por essa aparente perturbação da paz de espírito de um velho homem.

O baixo-relevo era um retângulo bruto com menos de 3 centímetros de espessura e cerca de 12 por 15 centímetros de área; obviamente, de origem moderna. Seus desenhos, entretanto, estavam longe da modernidade, em atmosfera e sugestão, pois, ainda que as extravagâncias do cubismo e do futurismo sejam muitas e sejam absurdas, elas não reproduzem com frequência a regularidade críptica presente nos escritos pré-históricos. Certamente, a maior parte daqueles desenhos parecia ser algum tipo de escrita, embora minha memória, apesar da grande quantidade de documentos e coleções de meu tio, falhasse, de todo modo, em reconhecer essa espécie específica, ou até em sugerir suas mais remotas familiaridades.

Sobre esses aparentes hieróglifos, havia uma figura de evidente propósito ilustrativo, ainda que sua execução impressionista impedisse uma ideia mais clara de sua natureza. Aparentava ser uma espécie de monstro, ou símbolo representando um monstro, cujo formato apenas uma imaginação doentia poderia conceber. Se eu disser que, ao ver o desenho, minha imaginação um tanto extravagante produziu imagens simultâneas de um polvo, um dragão e uma caricatura humana, não seria infiel ao espírito daquela criatura. Uma cabeça carnosa, rodeada por tentáculos, coroava um grotesco corpo escamoso, com asas pouco desenvolvidas; mas era o contorno geral do todo que tornava a figura escandalosamente assustadora. Por trás da imagem, havia traços vagos de um cenário arquitetônico monstruoso.

Os textos que acompanhavam tal bizarrice estavam, à parte de uma pilha de recortes de jornais, na caligrafia mais recente do professor Angell; e não tinham pretensões literárias. Aquele que parecia ser o documento principal estava intitulado "SEITA DE CTHULHU", em caracteres cuidadosamente grafados, de modo a evitar a leitura errônea de uma palavra tão incomum. Esse manuscrito estava dividido em duas seções. A primeira delas tinha como título "1925 – Sonho e Trabalho dos Sonhos de H.A. Wilcox, rua Thomas, número 7, Providence, Rhode Island", e a segunda, "Narrativa do Inspetor John R. Legrasse, rua Bienville, número 121, Nova Orleans, Louisiana, em 1908 Cong. da S. A. A. – Notas sobre a Mesma Narrativa & Relato do Prof. Webb". Os outros manuscritos eram notas breves. Algumas relatavam sonhos estranhos de diversas pessoas, outras reuniam citações de livros e revistas teosóficas (especialmente *A História da Atlântida e da Lemúria Perdida*, de W. Scott-Elliot), e o restante fazia comentários sobre antigas sociedades secretas e cultos misteriosos que resistiam ao tempo, com referências a passagens encontradas em livros mitológicos e antropológicos, como *O Ramo de Ouro*, de Frazer, e *O Culto das Bruxas na Europa Ocidental*, da dra. Murray. Os recortes mencionavam, em grande medida, uma doença mental bizarra e a surtos de loucura ou paranoia coletiva na primavera de 1925.

A primeira seção do manuscrito principal apresentava uma história bastante particular. Ao que parece, em 1º de março de 1925, um jovem negro e magro, de aspecto neurótico e agitado, havia procurado o professor Angell, carregando consigo o singular baixo-relevo, então extremamente úmido e fresco. Seu cartão de visitas trazia o nome de Henry Anthony Wilcox, e meu tio o identificara como o filho mais novo de uma excelente família que ele conhecia vagamente, e que, nos últimos tempos, estudava escultura na Escola de Design de Rhode Island e morava sozinho próximo à instituição, no edifício Fleur-de-Lys. Wilcox era um jovem precoce, de notável genialidade, mas muito excêntrico, e, desde a infância, despertava atenção por causa das histórias estranhas e dos sonhos peculiares que costumava relatar. Referia a si mesmo como "psiquicamente hipersensível", mas os simples habitantes da antiga cidade comercial o rejeitavam, tratando-o como um homem "esquisito". Como nunca havia socializado muito com seus colegas, sua visibilidade social diminuiu gradualmente, e ele era, agora, conhecido apenas por um pequeno grupo de estetas de outras regiões. Até mesmo o Clube de Arte de Providence, preocupado em preservar seu conservadorismo, o havia considerado um caso perdido.

Na ocasião da visita, contava o manuscrito do professor, o escultor solicitou abruptamente o auxílio de seu anfitrião, que, com seus conhecimentos arqueológicos, poderia ajudá-lo a identificar os hieróglifos do baixo-relevo. Falou de maneira sonhadora e afetada, que denotava certo fingimento e uma falsa simpatia; e meu tio foi áspero em sua resposta, uma vez que o notável frescor da peça sugeria afinidade com qualquer ciência, menos com a antropologia. A réplica do jovem Wilcox, que impressionou meu tio a ponto de fazê-lo recordá-la e registrá-la literalmente, era de uma poética fantástica, que deve ter caracterizado toda a conversa e que, desde então, considerei altamente específica dele. Disse: "É, de fato, uma obra nova, uma vez que a esculpi na noite passada, durante um sonho com estranhas cidades; e os sonhos são mais antigos que a inquietante cidade de Tiro, que as contemplativas Esfinges, ou que os jardins que rodeiam a Babilônia".

Foi então que ele começou a contar aquela história desconexa que, de repente, resgatou uma memória adormecida e conquistou o interesse fervoroso de meu tio. Houvera um leve terremoto na noite anterior, o mais intenso ocorrido na Nova Inglaterra em alguns anos; e a imaginação de Wilcox tinha sido profundamente afetada. Depois de se recolher, o jovem tivera um sonho sem precedentes, com grandes cidades ciclópicas de blocos titânicos e monólitos que varriam o céu e dos quais pingava, com disfarçado horror, uma substância verde e sinistra. Hieróglifos cobriam paredes e pilastras, e, de algum ponto indeterminado, logo abaixo, vinha uma voz que não era bem uma voz; uma sensação caótica que apenas a fantasia poderia transformar em som, mas que ele tentou traduzir com a quase impronunciável miscelânea de letras: "Cthulhu fhtagn".

Essa compilação verbal foi a chave para a recordação que empolgou e perturbou o professor Angell. Ele questionou o escultor com rigor científico e estudou, com intensidade frenética, o baixo-relevo no qual o jovem se descobrira trabalhando, com frio, vestindo apenas suas roupas de dormir, quando o despertar o tomou de modo desconcertante. Meu tio culpou sua idade avançada, Wilcox contou depois, pela lentidão com que reconheceu tanto os hieróglifos como o desenho pictórico. Muitos de seus questionamentos pareciam bastante incomuns ao visitante, especialmente aqueles que tentavam conectá-lo a estranhas seitas ou sociedades; e Wilcox não compreendia as sucessivas promessas de silêncio oferecidas como troca pela confissão de sua filiação a alguma difundida organização religiosa, mística ou pagã. Quando o professor Angell se convenceu de que o escultor era, de fato, ignorante em relação a qualquer culto ou sistema de tradição críptica, assediou o visitante com exigências de relatos futuros sobre seus sonhos. A solicitação produziu frutos regulares, pois, após a primeira entrevista, o manuscrito registra visitas diárias do jovem rapaz, durante as quais ele relatava fragmentos impressionantes do imaginário noturno. O tema era sempre alguma terrível paisagem monstruosa de pedras escuras e gotejantes, em que se ouvia, sempre no mesmo tom, uma voz ou inteligência subterrânea na forma de enigmáticos impactos sensoriais, impossíveis de ser registrados a não ser como um emaranhado confusos de sons. Os dois sons repetidos com frequência eram aqueles traduzidos pelas letras "Cthulhu" e "R'lyeh."

Em 23 de março, continuava o manuscrito, Wilcox não apareceu; e uma investigação em seu alojamento revelou que ele tinha sido acometido por um tipo obscuro de febre e levado para a casa de sua família, na rua Waterman. Ele havia gritado durante a noite, despertando vários outros artistas no prédio, e, desde então, alternava-se entre a inconsciência e o delírio. Meu tio logo telefonou à família e, daquele momento em diante, acompanhou o caso com atenção, ligando, com frequência, para o escritório do dr. Tobey, na rua Thayer, que, como descobriu, era o responsável pelo caso. A mente febril do rapaz, aparentemente, havia teimado com coisas estranhas; e o médico estremecia, por vezes, ao citá-las. Compreendiam não apenas repetições do que Wilcox sonhara antes, mas abordavam, de modo extremo, uma coisa gigante, com "quilômetros de altura", que andava e se arrastava.

Em nenhum momento Wilcox descrevera a criatura por completo, mas algumas palavras ocasionais e exaltadas, reproduzidas pelo dr. Tobey, convenceram o professor de que esta devia ser idêntica à monstruosidade inominável que o jovem tinha retratado na escultura moldada durante o sonho. As referências à peça, acrescentou o doutor, eram, invariavelmente, um prenúncio de que o jovem rapaz se afundaria na letargia. Sua temperatura, estranhamente, não estava muito acima do normal; mas suas condições gerais sugeriam mais uma febre real que um transtorno mental.

No dia 2 de abril, por volta das 15 horas, todos os sinais da doença de Wilcox desapareceram de repente. Ele se sentou ereto na cama, surpreso em encontrar a si mesmo em casa e sem nenhuma lembrança do que acontecera, em sonho ou na realidade, desde a noite de 22 de março. Ao receber alta do médico, retornou ao alojamento depois de três dias; no entanto, para o professor Angell, a contribuição do rapaz não era mais necessária. Todos os indícios de sonhos estranhos desapareceram com sua recuperação, e meu tio suspendeu os registros dos pensamentos noturnos do jovem após uma semana de relatos infrutíferos e irrelevantes de visões completamente usuais.

Aqui terminava a primeira seção do manuscrito, mas referências a algumas das notas dispersas me forneceram bastante material para reflexão – tanto material, na verdade, que apenas meu ceticismo inveterado, que então constituía minha filosofia, explicava minha desconfiança contínua em relação ao artista. As anotações em questão eram aquelas que descreviam os sonhos de diversas pessoas no mesmo período em que o jovem Wilcox tivera suas estranhas visões. Ao que parece, meu tio rapidamente instituíra um corpo de investigação extraordinariamente vasto, composto de quase todos os amigos do rapaz que ele poderia questionar sem ser inconveniente, solicitando relatórios noturnos de seus sonhos e a data de qualquer visão incomum que houvessem tido nos últimos tempos. A receptividade a essa solicitação parece ter variado, mas ele deve ter recebido, no mínimo, mais respostas que um homem comum conseguiria sem o auxílio de uma secretária. A correspondência original não foi preservada, mas suas anotações formaram uma compilação completa e realmente significativa. Pessoas comuns da sociedade e dos negócios – o tradicional "sal da terra" da Nova Inglaterra – forneceram um resultado quase totalmente negativo, embora casos esparsos de impressões noturnas inquietantes, porém inconsistentes, tenham aparecido aqui e ali, sempre entre os dias 23 de março e 2 de abril – período do delírio do jovem Wilcox. Homens da ciência foram um pouco mais afetados, embora houvesse quatro casos de descrições vagas que sugeriram vislumbres evasivos de estranhas paisagens; em um dos casos, o pavor de algo anormal foi mencionado.

As respostas mais relevantes vieram de artistas e poetas, e sei que eles teriam entrado em pânico caso tivessem comparado suas anotações. Desse modo, na ausência das cartas originais, suspeitei que o compilador tivesse feito perguntas tendenciosas ou, então, editado a correspondência de acordo com o que ele tinha, dissimuladamente, decidido enxergar. Por isso, continuei a sentir que Wilcox, de alguma forma ciente dos antigos dados que meu tio possuía, estava se impondo ao cientista veterano. Essas respostas dos artistas contavam histórias perturbadoras. De 28 de fevereiro a 2 de abril, uma grande parcela deles sonhara com coisas muito bizarras, e a intensidade dos sonhos tinha sido muito maior durante o período de delírio do escultor. Mais de um quarto dos que reportaram algo relataram cenas e semi-sons, não muito distintos daqueles que Wilcox havia descrito; e alguns dos sonhadores confessaram sentir um medo agudo da coisa gigante e inominável que se apresentava nessas últimas visões. Um dos casos, descrito enfaticamente nas anotações, era muito triste. O sujeito, um arquiteto bastante conhecido, com tendências teosóficas e ocultistas, enlouquecera violentamente no dia da crise de Wilcox, e falecera vários meses mais tarde, após gritos incessantes, clamando para ser salvo de algum habitante que escapara do inferno. Se meu tio tivesse se referido aos casos por nomes em vez de simplesmente números, eu teria tentado confirmar alguns deles e feito alguma investigação pessoal; mas, daquele modo, consegui rastrear apenas alguns. Todos esses, entretanto, confirmaram totalmente as anotações. Muitas vezes, eu me perguntava se todos os objetos de investigação do professor sentiram-se tão confusos quanto essa parcela. É bom que nenhuma explicação jamais os alcance.

Os recortes de jornal, como mencionei, abordavam casos de pânico, paranoia e excentricidade durante o período citado. O professor Angell deve ter contratado um escritório de recortes, pois o volume de fragmentos era enorme, provenientes de fontes espalhadas pelo mundo todo. Havia um caso de suicídio noturno em Londres, no qual uma pessoa saltara de uma janela enquanto dormia, depois de um grito alarmante. Do mesmo modo, havia uma carta desconexa, endereçada ao editor de um jornal na América do Sul, em que um fanático entrevia um futuro desastroso em suas visões. Uma notícia da Califórnia descrevia uma colônia teosófica cujos membros, em massa, vestiam manto branco e buscavam alguma "realização gloriosa" que nunca chegava, enquanto artigos da Índia falavam, com cautela, de um grave tumulto de nativos, perto do fim de março. Orgias vodus multiplicaram-se no Haiti; e postos avançados na África relataram rumores sinistros. Oficiais norte-americanos nas Filipinas descobriram a existência de certas tribos problemáticas; e policiais de Nova York foram atacados por levantinos histéricos na madrugada de 22 para 23 de março.

O oeste da Irlanda também estava repleto de rumores e lendas insanas, e um pintor fantástico, chamado Ardois-Bonnot, exibiu a obra blasfema *Paisagem Onírica* no Salão de Primavera de Paris, em 1926. E tão numerosos eram os registros de transtornos em hospitais psiquiátricos que apenas um milagre poderia ter impedido a comunidade médica de observar estranhos paralelismos e elaborar intrigantes conclusões. No geral, tratava-se de um apanhado bizarro de recortes, e, hoje, mal posso acreditar no racionalismo insensível com que o deixei de lado. Mas, então, estava convencido de que o jovem Wilcox tinha conhecimento das antigas questões mencionadas pelo professor.

O RELATO DO INSPETOR LEGRASSE

As antigas questões que tornaram o sonho do escultor e o baixo-relevo tão importantes para o meu tio constituem o tema da segunda metade do longo manuscrito. Certa vez, ao que parece, o professor Angell já deparara com os contornos infernais da inominável monstruosidade, ficara intrigado com os hieróglifos desconhecidos e ouvira as sinistras sílabas que só podiam ser proferidas como "Cthulhu"; e tudo isso com uma conexão tão estimulante e horrível que não era uma grande surpresa ele ter perseguido o jovem Wilcox com perguntas e solicitações de informações.

Essa experiência precedente acontecera em 1908, 17 anos antes, quando a Sociedade Americana de Arqueologia promoveu seu congresso anual em St. Louis. O professor Angell tinha um papel importante em todas as decisões, como convinha a um homem com tal autoridade e tais feitos; era um dos primeiros a ser abordados pelos vários intrusos que se aproveitavam da reunião para buscar respostas corretas a suas questões e soluções de especialistas para seus problemas.

O principal desses intrusos e, em pouco tempo, centro das atenções de toda a reunião, era um homem aparentemente comum, de meia-idade, que viera de Nova Orleans em busca de algumas informações específicas que, até então, não havia encontrado em nenhuma fonte de pesquisa. Chamava-se John Raymond Legrasse e era inspetor da polícia. Havia trazido consigo o motivo de sua visita: uma grotesca, repulsiva e, aparentemente, muito antiga estatueta de pedra, cuja origem ele não sabia determinar. Não se deve imaginar que o inspetor Legrasse tivesse o mínimo interesse em arqueologia. Pelo contrário, seu desejo por esclarecimento tinha motivação puramente profissional. A estatueta, o ídolo, o amuleto, ou o que quer que fosse, tinha sido apreendida, havia alguns meses, nos pântanos repletos de árvores ao sul de Nova Orleans, durante uma busca por um suposto encontro vodu cujos ritos eram tão peculiares e horríveis que a polícia não pôde ignorar ter descoberto uma sombria seita, totalmente desconhecida e infinitamente mais diabólica que os mais obscuros círculos de vodu africanos.

Sobre sua origem, à parte das inconsistentes e inacreditáveis histórias extorquidas dos membros capturados, absolutamente nada fora descoberto; daí a ansiedade da polícia por qualquer tradição antiquária que pudesse ajudá-la a identificar o terrível símbolo e, por meio dele, rastrear a seita até sua fonte principal.

O inspetor Legrasse estava pouco preparado para a comoção que sua indagação produziu. Um único olhar sobre o objeto foi suficiente para colocar os homens da ciência ali reunidos em um estado de inquietante empolgação; eles não perderam tempo e se aglomeraram ao redor do inspetor, a fim de observar a figura diminuta cuja completa estranheza e cujo ar de antiguidade, genuinamente terrível, sugeria, de modo tão potente, paisagens arcaicas e desconhecidas. Nenhuma escola consagrada de escultura havia inspirado o feitio desse terrível objeto, ainda que séculos e até milhares de anos parecessem estar registrados na superfície escura e esverdeada da pedra inclassificável.

A imagem que, por fim, foi lentamente passada pelas mãos de cada homem, para um estudo mais atento e cuidadoso, tinha entre 17 e 20 centímetros de altura e era elaborada com um primoroso acabamento artístico. Representava um monstro de traços vagamente antropoides, porém sua cabeça parecia a de um polvo, em cujo rosto existia um conjunto de tentáculos; o corpo era escamoso, de aparência emborrachada; possuía garras prodigiosas nas patas traseiras e dianteiras e asas longas e estreitas nas costas. Essa criatura, que parecia estar impregnada de uma malignidade apavorante e inatural, tinha uma corpulência um tanto inchada e estava agachada diabolicamente sobre um bloco retangular, ou um pedestal, coberto de caracteres indecifráveis. As pontas das asas tocavam na borda traseira do bloco e o quadril ocupava o centro, enquanto as longas e curvadas garras das duas pernas dianteiras, dobradas, agarravam a borda da frente e se estendiam por um quarto da altura do pedestal, em direção à base. A cabeça cefalópode estava inclinada para a frente, de modo que as pontas dos tentáculos faciais tocavam a parte de trás das enormes patas dianteiras, que envolviam os joelhos elevados da criatura agachada. Sua aparência, de modo geral, era realista de um modo curioso e, mais ainda, sutilmente amedrontadora, pois desconhecia-se totalmente sua origem. Sua vasta, maravilhosa e incalculável idade mostrava-se incontestável, e, contudo, não havia vínculo algum com nenhum tipo de arte pertencente aos primórdios da civilização – ou, na verdade, a qualquer outra era. Totalmente diferenciado e separado, o material de que era feita constituía um mistério – uma vez que seu aspecto de pedra saponácea, verde-escura, com veios e estrias dourados ou iridescentes não se assemelhava a nada conhecido pela geologia nem pela mineralogia. As inscrições em sua base eram igualmente estonteantes; e nenhum dos presentes, apesar de representarem parte dos maiores peritos no assunto, conseguiu elaborar hipótese alguma sobre seu mais remoto vínculo linguístico. A escrita, assim como a temática e o material da estatueta, pertencia a algo terrivelmente distante e diverso da humanidade como a conhecemos; algo que, de modo assustador, sugeria antigos ciclos de vida blasfemos, dos quais nosso mundo e nossa concepção não fazem parte.

Ainda assim, embora os participantes balançassem a cabeça em negação e admitissem a derrota perante a questão apresentada pelo inspetor, havia um homem no encontro que achou ter reconhecido alguma bizarra familiaridade naqueles formato e escrita monstruosos e que, naquele momento, falou com certo acanhamento sobre a estranha e insignificante informação de que tinha conhecimento.

Essa pessoa era o falecido William Channing Webb, professor de antropologia da Universidade de Princeton e explorador bem-conceituado. O professor Webb havia participado, 48 anos antes, de uma expedição pela Groenlândia e pela Islândia, em busca de inscrições rúnicas, que ele falhou em escavar; já no alto da costa oeste da Groenlândia, havia deparado com uma tribo ou seita peculiar de esquimós degenerados cuja religião, uma forma curiosa de adoração ao diabo, provocou-lhe calafrios, por suas propositais repulsividade e sede de sangue. Tratava-se de uma crença praticamente desconhecida por outros esquimós, que tremiam ao mencioná-la e diziam que havia surgido em éons terrivelmente antigos, antes mesmo da criação do mundo. Além de ritos inomináveis e sacrifícios humanos, havia certos rituais hereditários bizarros destinados ao supremo e mais antigo demônio, ou *torrnasuk*; e o professor Webb, cuidadosamente, fizera uma transcrição fonética de um antigo *angekok*, ou mago-sacerdote, e traduzira seus sons em letras romanas da melhor forma possível. Mas, naquele momento, o mais importante era o ícone adorado pela seita, ao redor do qual seus membros dançavam quando a aurora surgia acima dos picos nevados. O estudioso afirmou que se tratava de um baixo-relevo em pedra, muito rústico, que representava uma figura hedionda e alguns escritos crípticos. E, até onde pôde relatar, constituía um paralelo grosseiro em relação às características essenciais do objeto bestial que agora era o objeto de maior interesse da reunião.

Essa informação, recebida com suspense e assombro pelos participantes do congresso, revelou-se duplamente empolgante para o inspetor Legrasse, que, imediatamente, começou a bombardear Webb com perguntas. Tendo notado e registrado um ritual oral dos cultistas que seus homens haviam prendido no pântano, ele suplicou ao professor que tentasse recordar, da melhor forma possível, as sílabas pronunciadas pelos esquimós adoradores do diabo. Seguiu-se, então, uma exaustiva comparação de detalhes, e, depois, um espantoso momento de silêncio, quando o detetive e o cientista entraram em acordo sobre a possível identidade da frase comum aos dois rituais infernais, vindos de mundos tão distantes.

Em suma, o que tanto os magos esquimós quanto os sacerdotes dos pântanos da Louisiana haviam entoado a seus ídolos adorados era algo assim – as divisões das palavras foram deduzidas a partir das pausas originais na frase declamada em voz alta:

"PH'NGLUI MGLW'NAFH CTHULHU
R'LYEH WGAH'NAGL FHTAGN."

Legrasse estava em vantagem em relação ao professor Webb, pois vários dos seus prisioneiros mestiços contaram o significado das palavras, que cultistas mais antigos haviam revelado. A frase, conforme apresentada, significava algo como:

"EM SUA CASA, EM R'LYEH, CTHULHU,
MORTO, ESPERA SONHANDO."

Então, em resposta a uma demanda geral e urgente, o inspetor Legrasse relatou, do modo mais completo possível, sua experiência com os cultistas do pântano, e contou uma história que, pude ver, foi considerada extremamente relevante por meu tio. Ela tinha o sabor dos sonhos mais loucos dos criadores de mitos e teosofistas, e revelava um grau surpreendente de imaginação cósmica entre semicastas e párias, de quem menos se esperava que a possuíssem.

Em 1º de novembro de 1907, chegaram à polícia de Nova Orleans chamados desesperados vindos do pântano e do território das lagoas ao sul. Os ocupantes dessas terras, no geral descendentes primitivos, mas bem-intencionados, dos homens de Lafitte, foram atacados por terror absoluto, causado por algo desconhecido que os tinha agredido durante a noite. Aparentemente, tratava-se de vodu, mas de uma espécie muito mais terrível que as que jamais haviam conhecido; e algumas de suas mulheres e crianças começaram a desaparecer, desde que se inciara uma incessante batida, de um maligno "tom-tom", no âmago daquela floresta negra assombrada, em que nenhum habitante se aventurava. Havia gritos insanos e lamúrias angustiantes, cânticos de estremecer a alma e demoníacas labaredas dançantes; e o mensageiro, amedrontado, acrescentou que as pessoas já não aguentavam mais.

Então, uma tropa de 20 policiais, ocupando duas carruagens e um automóvel, partiu no fim da tarde, tendo como guia o trêmulo habitante do pântano. Desembarcaram no fim da estrada transitável e, por quilômetros, caminharam em silêncio, chapinhando no solo, entre as terríveis florestas de ciprestes, em que o dia nunca chegava. Horrendas raízes e malignos nós de musgo espanhol os atrapalhavam, e, vez ou outra, uma pilha de pedras escorregadias ou fragmentos de paredes apodrecidas intensificavam, por conta do indício de mórbida habitação, uma depressão originada pela combinação de cada árvore malformada e cada aglomerado de fungos. O assentamento – um miserável agrupamento de cabanas – surgiu a distância; e os habitantes, histéricos, correram para se reunir ao redor do grupo e de suas lanternas. A batida abafada dos tom-tons era, agora, um rumor distante; e ouviam-se esparsos gritos gélidos, conforme o vento mudava de direção. Além disso, um brilho avermelhado parecia se infiltrar pela pálida vegetação rasteira, para além dos caminhos infinitos da noite da floresta. Temendo que fossem deixados sozinhos mais uma vez, cada um dos habitantes aterrorizados recusou-se categoricamente a avançar mais um centímetro que fosse em direção à cena de adoração profana. Então, o inspetor Legrasse e seus 19 colegas seguiram em frente, sem guias, rumo às arcadas obscuras de horror que nenhum deles havia percorrido antes.

A região que a polícia agora atravessava tinha, tradicionalmente, uma reputação maligna; era, no geral, desconhecida e quase nunca frequentada por homens brancos. Havia lendas sobre um lago escondido, nunca vislumbrado por mortais e no qual habitava uma enorme criatura disforme, poliposa, branca, de olhos luminosos; e os moradores cochichavam sobre demônios com asas de morcego que voavam para fora de cavernas nas profundezas da terra para adorá-la à meia-noite. Disseram que a criatura estava ali desde antes de D'Iberville, de La Salle, dos indígenas e até mesmo das feras mansas e dos pássaros da floresta. Tratava-se do pesadelo encarnado, e vê-la significava o mesmo que morrer. Mas ela fazia os homens sonhar, e, assim, eles sabiam que era melhor manter distância. A presente orgia vodu ocorria, na verdade, na extremidade mais ordinária dessa abominável área, mas a localização já era ruim o suficiente; assim, mais que os perturbadores sons e incidentes, a própria área de adoração talvez tenha aterrorizado os moradores.

Apenas a poesia ou a loucura poderiam fazer jus aos sons ouvidos pelos homens de Legrasse enquanto avançavam pelo pântano negro em direção ao brilho avermelhado e ao batuque abafado dos tom-tons. Existem traços vocais característicos dos homens e traços vocais característicos das feras; e é terrível ouvir algum deles quando sua fonte deveria emitir o contrário. Fúria animal e licenciosidade orgiástica, aqui, lançavam-se a alturas demoníacas, através de uivos e guinchos de êxtase, que irrompiam e reverberavam por aqueles bosques noturnos como tempestades pestilentas vindas dos fossos do inferno. De vez em quando, o ulular pouco organizado cessava, e, do que parecia ser um bem ensaiado coro de vozes roucas, crescia uma cantilena que entoava a hedionda frase ou ritual:

**"PH'NGLUI MGLW'NAFH CTHULHU
R'LYEH WGAH'NAGL FHTAGN".**

Então, os homens, ao alcançar o ponto em que as árvores eram mais finas, depararam, de repente, com a visão do espetáculo em si.

Quatro deles vacilaram, um desmaiou, e dois estremeceram em um choro frenético, que a cacofonia louca da orgia, por sorte, encobriu. Legrasse jogou água do pântano no rosto do homem desfalecido, e todos pararam, tremendo, praticamente hipnotizados com o horror.

Em uma clareira natural do pântano, havia uma ilha gramada, de cerca de 4 mil quilômetros quadrados, sem árvores e razoavelmente seca. Ali, no momento, pulava e se contorcia o mais indescritível bando de anormalidades humanas, que ninguém, senão Sime ou Angarola, poderia retratar. Nus, os integrantes dessa prole híbrida zurravam, berravam e se retorciam ao redor de uma monstruosa fogueira no formato de um anel; no centro desta, revelado por brechas ocasionais na cortina de chamas, havia um enorme monólito de granito, de mais ou menos 2 metros de altura, em cujo topo, de modo incoerente em relação à sua pequenez, jazia a maléfica estatueta esculpida. De um amplo círculo formado por dez cadafalsos, organizados a intervalos regulares com o monólito rodeado de fogo como centro, pendiam, de cabeça para baixo, os corpos estranhamente desfigurados dos indefesos habitantes que haviam desaparecido. Era dentro desse arco que a roda de adoradores saltava e urrava, a direção geral de movimento do grupo vindo da esquerda para a direita, num bacanal infinito entre o círculo de corpos e o círculo de fogo.

Pode ter sido apenas imaginação, ou apenas ecos, que induziu um dos homens, um espanhol impressionável, a fantasiar ter ouvido respostas antífonas ao ritual, provenientes de algum ponto distante e obscuro nas profundezas da floresta, repleta de antigas lendas e horror. Esse homem, Joseph D. Galvez, que pude conhecer e interrogar tempos depois, mostrou-se perturbadoramente imaginativo. Ele, de fato, fora adiante, e chegou a sugerir um suave bater de asas enormes, bem como o vislumbre de olhos brilhantes e de um volume branco montanhoso além das árvores mais distantes – mas suponho que tivesse ouvido demais sobre as superstições nativas.

Na verdade, a pausa horrorizada dos homens foi relativamente curta. O dever vinha em primeiro lugar; e, apesar de haver cerca de cem celebrantes mestiços no aglomerado, a polícia confiou em suas armas de fogo e avançou, com determinação, para dentro do nauseante alvoroço. Por cinco minutos, o barulho e o caos resultantes foram indescritíveis. Detonaram cargas enormes, dispararam tiros, e alguns fugiram; mas, por fim, Legrasse pôde contabilizar por volta de 47 sombrios prisioneiros, a quem forçou que se vestissem rapidamente e formassem uma fila, entre duas carreiras de policiais. Cinco cultistas jaziam mortos, e dois, seriamente feridos, foram carregados em macas improvisadas por seus colegas, agora prisioneiros. A imagem sobre o monólito, é claro, foi cuidadosamente removida e levada por Legrasse.

Examinados nos quartéis da polícia, depois de um trajeto árduo e cansativo, os detidos se revelaram todos homens de origem inferior, mestiços, e mentalmente aberrantes. A maioria eram marinheiros, e alguns eram negros e mulatos, em grande parte do oeste da Índia ou da Ilha de Brava, no Cabo Verde, que conferiam à heterogênea seita um tom de voduísmo. Mas, antes mesmo que muitas questões fossem levantadas, ficou claro que aquela situação envolvia algo mais profundo e antigo que um fetichismo sombrio. Degenerados e ignorantes como eram, os homens se mantiveram surpreendentemente consistentes à ideia central de sua crença abominável.

Eles adoravam, disseram, os Grandes Antigos, que viveram eras antes de o homem existir e chegaram ao jovem mundo pelo céu. Esses Grandes Antigos, agora, tinham ido embora, para o interior da terra e para o fundo do mar; mas seus corpos mortos haviam contado seus segredos, por meio de sonhos, para os primeiros homens, que estabeleceram um culto que nunca se extinguiu. Essa era a seita, e os prisioneiros afirmaram que ela sempre existira e sempre existiria, oculta em distantes ruínas e lugares obscuros por todo o mundo, até o momento em que o grande sacerdote Cthulhu, de sua morada obscura na grande cidade de R'lyeh sob as águas, se levantaria e submeteria a terra de volta ao seu domínio. Algum dia, ele faria o seu chamado, quando as estrelas estivessem prontas, e a seita secreta estaria sempre esperando para libertá-lo.

Entretanto, nada além deveria ser dito. Havia um segredo que nem mesmo a tortura poderia extrair. A humanidade não estava completamente sozinha entre os seres conscientes da terra, pois formas saíram da escuridão para visitar os poucos fiéis. Mas estes não eram os Grandes Antigos. Homem algum vira os Antigos. O ídolo esculpido era o grande Cthulhu, mas ninguém podia dizer se os outros Antigos eram precisamente como ele. Hoje, ninguém seria capaz de ler as antigas inscrições, mas coisas se propagavam pelo boca a boca. O ritual cantado não era o segredo – este nunca fora dito em voz alta, apenas sussurrado. O cântico significava apenas isto: "Em sua casa, em R'lyeh, Cthulhu, morto, espera sonhando".

Apenas dois dos prisioneiros estavam suficientemente sãos para ser enforcados, e o restante foi internado em várias instituições. Todos negavam ter participado dos assassinatos ritualísticos, e declararam que o massacre havia sido realizado pelos Alados Negros, que vieram até eles do local imemorial onde costumavam se reunir, na floresta assombrada. Mas, a respeito desses misteriosos aliados, nenhum relato coerente pôde ser obtido. As informações que a polícia conseguiu obter vieram, no geral, de um mestiço extremamente velho, chamado Castro, que afirmava ter navegado a estranhos portos e conversado com líderes imortais da seita nas montanhas da China.

O velho Castro recordava fragmentos de lendas horrendas que enfraqueciam as especulações dos teosofistas e faziam com que os homens e o mundo parecessem de fato jovens e efêmeros. Houve eras em que outros Seres dominaram a Terra, e Eles tiveram cidades grandiosas. Segundo os chineses imortais, explicou o velho,

Suas ruínas ainda podiam ser encontradas na forma de enormes rochas em ilhas do Pacífico. Todos morreram havia longos períodos de tempo, anteriores à chegada do homem, mas certas artes eram capazes de revivê-Los, quando as estrelas retornassem à sua posição correta no ciclo da eternidade. Eles tinham, na verdade, vindo das estrelas, e trouxeram Suas imagens consigo.

Esses Grandes Antigos, continuou Castro, não se constituíam inteiramente de carne e sangue. Tinham forma – esta imagem estelar não o comprova? –, mas essa forma não era feita de matéria. Quando as estrelas se encontravam na devida posição, Eles podiam saltar de um mundo para outro através do céu; mas, quando as estrelas estavam desalinhadas, não podiam mais viver. E, embora não vivessem, Eles nunca morriam de fato. Todos jazem em casas de pedra em Sua grande cidade de R'lyeh, preservada pelos feitiços do poderoso Cthulhu para uma ressurreição gloriosa, no momento em que as estrelas e a terra estiverem, mais uma vez, prontas para Eles. Nessa hora, porém, alguma força externa deveria libertar Seus corpos. Os feitiços que os mantinham intactos, da mesma forma, impediam-nos de efetuar o movimento inicial, e Eles podiam apenas esperar, acordados no escuro, e refletir, enquanto incontáveis milhões de anos passavam. Sabiam tudo o que acontecia no universo, pois Sua forma de comunicação era por meio da transmissão de pensamento. Mesmo agora, conversavam em Seus túmulos. Quando, após infinidades de caos, vieram os primeiros homens, os Grandes Antigos se comunicaram com aqueles que eram sensitivos, moldando seus sonhos; pois somente assim Sua língua alcançaria as mentes carnais dos mamíferos.

Então, sussurrou Castro, aqueles primeiros homens criaram a seita em torno de enormes ídolos que os Grandes Antigos lhes mostraram; ídolos trazidos de estrelas negras, em eras obscuras. Aquele culto nunca acabaria até que as estrelas se alinhassem novamente, e, então, os sacerdotes secretos libertariam o grande

Cthulhu de Seu túmulo e este reviveria Seus súditos e restabeleceria seu domínio na terra. Seria fácil reconhecer esse momento, pois, então, a humanidade teria se tornado como os Grandes Antigos: livre e selvagem, além do bem e do mal, deixando de lado leis e morais, e todos os homens estariam gritando, matando e regozijando-se em alegria. Assim, os Antigos libertos lhes ensinariam novas maneiras de gritar, matar, regozijar-se e refestelar-se, e toda a Terra queimaria em um holocausto de êxtase e liberdade. Enquanto isso, a seita, por ritos próprios, deveria manter viva a memória desses costumes antigos e profetizar o anúncio de Seu retorno.

Nos tempos mais remotos, homens escolhidos conversaram com os Antigos sepultados em seus sonhos; mas, então, algo aconteceu. A grande cidade de pedra R'lyeh, com seus monólitos e sepulcros, afundara sob as ondas; e as águas profundas, repletas do único mistério primitivo através do qual nem mesmo o pensamento podia passar, suspenderam a comunicação espectral. Mas a memória nunca se esvai, e os altos sacerdotes diziam que a cidade ascenderia outra vez, quando as estrelas se alinhassem. Então, os obscuros espíritos terrestres saíram do solo, bolorentos e sombrios, carregados de rumores soturnos, captados em cavernas sob as profundezas esquecidas do mar. No entanto, o velho Castro não ousou falar muito sobre eles. Interrompeu-se rapidamente, e nenhuma persuasão ou artifício pôde fazê-lo voltar ao assunto. Curiosamente, ele também não quis comentar sobre o tamanho dos Grandes Antigos. A respeito da seita, afirmou acreditar que o centro se localizava entre os desertos irrastreáveis da Arábia, onde Irem, a Cidade dos Pilares, sonha, oculta e intocada. Não estava associada à seita europeia das bruxas e era praticamente desconhecida a não ser por seus membros. Nenhum livro a tinha mencionado de fato. No entanto, segundo os imortais chineses, havia informações ambíguas no *Necronomicon*, do árabe louco Abdul Alhazred, que os iniciados poderiam interpretar como preferissem, especialmente o dístico abaixo, muito discutido:

NÃO ESTÁ MORTO O QUE PODE ETERNAMENTE JAZER, E EM ÉONS ESTRANHOS, ATÉ MESMO A MORTE PODE MORRER.

Legrasse, profundamente impressionado e um tanto confuso, questionou, em vão, sobre filiações históricas da seita. Castro, aparentemente, havia contado a verdade quando disse que se tratava de um completo segredo. As autoridades na Universidade de Tulane não puderam explicar nem a seita nem a figura, e agora o detetive estava diante dos maiores especialistas do país, e deparara com nada menos que o relato do professor Webb sobre a Groenlândia.

O interesse alucinado provocado pela história de Legrasse no encontro, comprovado pela presença da estatueta, ecoou na subsequente correspondência trocada por aqueles que estavam presentes, embora poucas menções ao caso tenham sido veiculadas nas publicações formais da Sociedade. Precaução é o primeiro cuidado tomado por aqueles habituados a encontrar ocasionais charlatães e impostores.

Legrasse emprestou a figura ao professor Webb por algum tempo, mas, com a morte do estudioso, esta foi-lhe devolvida e continua em sua posse; pude observá-la, não muito tempo atrás. É realmente um objeto terrível e incontestavelmente semelhante à escultura dos sonhos do jovem Wilcox.

Não me surpreende que meu tio tenha se empolgado com a história contada pelo escultor, pois o que se poderia imaginar, depois do que Legrasse soubera sobre a seita, ao ouvir sobre um jovem sensitivo que sonhara não apenas com a figura e com os exatos hieróglifos da imagem encontrada no pântano e do ícone demoníaco groenlandês, mas com ao menos três das palavras exatas da fórmula pronunciada pelos esquimós diabólicos e pelos mestiços da Louisiana? Era muito natural que o professor Angell iniciasse, de imediato, uma investigação em detalhes – ainda que, em particular, eu suspeitasse que o jovem Wilcox soubera da seita indiretamente e, então, inventara uma série de sonhos de modo a elevar e manter o mistério às custas do trabalho de meu tio. As narrativas dos sonhos e os recortes coletados pelo professor eram, é claro, uma forte comprovação; mas o racionalismo de minha mente e a extravagância completa do sujeito me levaram a adotar o que considerei serem as mais sensatas conclusões. Assim, após ter estudado o manuscrito, cuidadosamente, mais uma vez, e correlacionado as anotações teosóficas e antropológicas com a narrativa de Legrasse sobre a seita, viajei até Providence, para encontrar o escultor e dar a bronca que julguei apropriada por ter ele, audaciosamente, agido como um impostor com um homem idoso e estudado.

Wilcox ainda vivia sozinho no edifício Fleur-de-Lys, na rua Thomas, uma imitação vitoriana horrenda da arquitetura bretã do século XVII, que exibe sua fachada de estuque em meio às adoráveis casas coloniais na antiga colina, sob a grande sombra do mais bonito campanário georgiano da América. Encontrei-o trabalhando em seus aposentos e, imediatamente, reconheci, pelos exemplares ali espalhados, que sua genialidade era de fato profunda e autêntica. Acredito que o reconhecerão como um dos grandes decadentes, pois havia cristalizado em argila e um dia espelhará em mármore os pesadelos e fantasias que Arthur Machen evoca na prosa e Clark Ashton Smith torna visível no verso e na pintura.

Melancólico, fraco e de aspecto um tanto desgrenhado, ele atendeu languidamente às minhas batidas e, sem se levantar, perguntou o que eu desejava. Contei quem eu era, e ele demonstrou certo interesse, pois meu tio havia atraído sua curiosidade ao investigar seus estranhos sonhos, embora nunca tivesse lhe explicado as razões dos estudos. A respeito disso, não aprofundei seu conhecimento, mas, com delicadeza, procurei instigá-lo a falar sobre o assunto. Em pouco tempo, convenci-me de sua absoluta sinceridade, pois ele descrevia os sonhos de um modo que ninguém poderia interpretá-lo mal. As visões oníricas e seus resíduos subconscientes influenciaram profundamente sua arte, e ele me mostrou uma estátua mórbida, cujos traços quase me fizeram estremecer em virtude da potência de suas sugestões sinistras. Wilcox não se lembrava de ter visto a forma original, exceto em seu próprio baixo-relevo, mas seus contornos haviam se formado inconscientemente sob suas mãos. Tratava-se, sem dúvida, da forma gigante que tinha visto em seu delírio. Logo ficou claro que ele, de fato, nada sabia sobre a seita secreta, com exceção do que a doutrinação implacável de meu tio deixara escapar; e, mais uma vez, empenhei-me em pensar de que maneira o jovem poderia ter recebido aquelas estranhas impressões.

Ele falava de seus sonhos de um modo estranhamente poético, fazendo-me enxergar, com terrível vivacidade, a úmida cidade ciclópica de pegajosas pedras esverdeadas – cuja geometria, disse, curiosamente, estava toda errada – e ouvir com assustada expectativa o incessante e quase enlouquecedor chamado do subsolo: "Cthulhu fhtagn", "Cthulhu fhtagn".

Essas palavras faziam parte do temido ritual que relatava o sonho-vigília do morto Cthulhu em seu jazigo de pedra em R'lyeh, e senti-me profundamente abalado, apesar de minhas crenças racionais. Wilcox, eu tinha certeza, ouvira sobre a seita casualmente, e logo havia se esquecido dela em meio ao volume de informações igualmente estranhas em suas leituras e sua imaginação. Em seguida, por causa de sua absoluta imponência, a história teria se expressado subconscientemente nos sonhos, no baixo-relevo, e na terrível estátua que eu agora contemplava; de modo que a impostura do rapaz sobre meu tio teria sido bastante inocente. O jovem era, ao mesmo tempo, ligeiramente afetado e grosseiro, um tipo do qual eu jamais poderia gostar; entretanto, já estava disposto a reconhecer tanto sua genialidade como sua honestidade. Despedi-me amigavelmente e desejei-lhe todo o sucesso que seu talento prometia.

A questão da seita continuava a me fascinar, e, de vez em quando, eu tinha visões de uma possível fama pessoal por conta das pesquisas sobre sua origem e suas conexões. Visitei Nova Orleans, conversei com Legrasse e outros homens que haviam participado da ação policial; vi a imagem assustadora e até interroguei alguns dos prisioneiros mestiços que tinham sobrevivido. O velho Castro, infelizmente, falecera havia alguns anos. O que ouvi, agora, tão explicitamente e em primeira mão – embora não passasse de uma confirmação detalhada do que meu tio havia escrito –, empolgou-me mais uma vez; pois tive certeza de estar no rastro de uma religião muito antiga, muito real e muito secreta, cuja descoberta me faria um antropólogo digno de nota. Minha postura ainda era de completo materialismo, e, desejando que assim continuasse, desconsiderei, com uma perversidade quase inexplicável, as coincidências entre as anotações sobre os sonhos e os estranhos recortes coletados pelo professor Angell.

Uma coisa de que comecei a suspeitar, e sobre a qual agora temo estar certo, é que a morte de meu tio estava longe de ter sido natural. Ele havia caído em uma ladeira estreita que partia de uma antiga baía empesteada de mestiços estrangeiros, depois de um empurrão descuidado de um marinheiro negro. Não me esqueço do sangue mestiço e da busca marinha dos cultistas de Louisiana, e não ficaria surpreso em descobrir métodos secretos e agulhas envenenadas tão cruéis e conhecidos há tanto tempo quanto os ritos e crenças crípticos. Legrasse e seus homens, é verdade, foram deixados em paz; mas, na Noruega, um certo marinheiro que vira coisas está morto. Teriam os aprofundados inquéritos de meu tio, após ele ter deparado com os relatos do escultor, alcançado ouvidos sinistros? Acredito que o professor Angell morreu porque sabia demais, ou porque estava perto de saber demais. Se meu fim será o mesmo ainda veremos, pois agora também eu sei demais.

A LOUCURA VINDA DO MAR

Se os céus, alguma vez, quiserem me conceder uma dádiva, que seja o total apagamento dos resultados de um acaso que fixou meus olhos num pedaço perdido de papel que forrava uma prateleira. Não era algo com que eu pudesse, naturalmente, deparar em minha rotina diária, pois tratava-se de uma edição antiga de um jornal australiano, o *Sydney Bulletin*, de 18 de abril de 1925. A publicação havia escapado até mesmo do escritório de recortes, que, na época de sua edição, coletava avidamente materiais para a pesquisa de meu tio.

De modo geral, minhas investigações sobre o que o professor Angell chamava de "seita de Cthulhu" estavam paradas, e eu estava visitando um colega muito culto em Paterson, Nova Jersey – curador de um museu local e um importante mineralogista. Um dia, enquanto eu examinava os espécimes de reserva grosseiramente dispostos nas prateleiras do depósito, em uma sala nos fundos do museu, meu olhar capturou uma estranha figura, impressa em um dos velhos papéis espalhados sob as pedras. Era o *Sydney Bulletin* que mencionei, visto que meu amigo possuía amplas assinaturas de todas as partes do mundo; e a figura era um corte, em meio-tom, da imagem de uma pedra hedionda, quase idêntica àquela que Legrasse havia encontrado no pântano.

Retirando, ansiosamente, os preciosos itens de cima da folha de papel, examinei o jornal com atenção, e fiquei desapontado ao encontrar um artigo de tamanho modesto. O que ele sugeria, porém, era de importância assombrosa para minha busca enfraquecida, e, cuidadosamente, destaquei a página em questão para agir imediatamente. A seguir, o que o texto dizia:

MISTERIOSO NAVIO À
DERIVA ENCONTRADO NO MAR

Vigilant atraca com desamparado iate neozelandês armado a reboque.

Um sobrevivente e um homem falecido são encontrados a bordo.

Relato de uma batalha desesperada e de mortes no mar.

O homem resgatado recusa-se a dar detalhes sobre a estranha experiência.

Estranho ídolo encontrado em sua posse.

A investigação prossegue.

O cargueiro Vigilant, da Companhia Morrison, que vinha de Valparaíso, chegou nesta manhã no atracadouro do porto de Darling, trazendo a reboque o iate a vapor Alert, combatido e avariado, porém fortemente armado, de Dunedin, Nova Zelândia, e que fora avistado no dia 12 de abril, a 34°21' de latitude sul e a 152°17' de longitude oeste, com um sobrevivente e um morto a bordo.

O Vigilant deixou Valparaíso em 25 de março e, em 2 de abril, foi consideravelmente desviado em direção ao sul, devido a tempestades excepcionalmente intensas e ondas monstruosas. Em 12 de abril, o barco abandonado foi avistado; e, apesar de ele estar aparentemente vazio, foram encontrados a bordo um sobrevivente semidelirante e um homem que estava morto, sem dúvida, havia mais de uma semana. O homem que havia sobrevivido agarrava-se a um horrível ídolo de pedra de origem desconhecida, com cerca de 30 centímetros de altura e sobre cuja natureza as autoridades da Universidade de Sydney, da Royal Society e do museu na rua College confessaram completa perplexidade, que o sobrevivente diz ter encontrado na cabine do iate, em um pequeno santuário esculpido de modelo comum.

Esse homem, após recuperar os sentidos, contou uma história extremamente estranha de pirataria e matança. Seu nome é Gustaf Johansen, um norueguês de certa inteligência, e era o segundo imediato da escuna de dois mastros Emma, de Auckland, que partiu para Callao em 20 de fevereiro com uma tripulação formada por 11 homens. A embarcação Emma, ele conta, estava atrasada e fora desviada amplamente ao sul de sua rota, em função da grande tempestade de 1º de março, e, em 22 de março, a 49°51' de latitude sul e a 128°34' de longitude oeste, deparou com o Alert, tripulado por um estranho grupo, de aparência maligna, de Kanakas e semicastas. Ao ser ordenado a, obrigatoriamente, regressar, o capitão Collins se recusou, e a misteriosa tripulação começou a atirar brutalmente, sem aviso, em direção à escuna, com uma peculiar bateria pesada de canhões de latão, que faziam parte do equipamento do barco. Os homens do Emma resistiram, conta o sobrevivente, e, embora a escuna começasse a afundar por causa dos tiros recebidos abaixo da linha-d'água, conseguiram se emparelhar com o inimigo e embarcar no iate. Lutaram corpo a corpo com a tripulação selvagem, no deque da embarcação, e foram forçados a matá-los todos, que, a despeito de seu número ligeiramente superior, lutavam de um modo particularmente abominável e desesperado, porém muito desajeitado.

Três dos marinheiros do Emma, incluindo o capitão Collins e o primeiro imediato, Green, foram mortos; e os oito restantes, sob o comando do segundo imediato, Johansen, continuaram a navegar com o iate capturado, seguindo em sua direção original, para verificar se existia alguma razão que justificasse a ordem de retorno. No dia seguinte, ao que parece, desembarcaram em uma pequena ilha, embora não se conheça nenhuma naquela parte do oceano; e, de algum modo, seis dos homens morreram em terra firme, embora Johansen tenha sido estranhamente reservado sobre essa parte da história, afirmando apenas que haviam caído em um fosso rochoso. Depois, aparentemente, ele e seu único companheiro embarcaram no iate e tentaram conduzi-lo, mas foram abatidos pela tempestade de 2 de abril. Daquele momento até o resgate, no dia 12, Johansen se lembra de pouco e nem sequer se recorda de quando William Briden, seu colega, falecera. A morte de Briden não revela causa aparente e, provavelmente, foi devida à agitação ou à exposição. Relatos telegráficos de Dunedin contam que o Alert era bastante conhecido pela região, por operar na ilha, e possuía má reputação ao longo da costa. O barco pertencia a um curioso grupo de mestiços cujos frequentes encontros e saídas noturnas na mata atraíam enorme curiosidade; e que saíra para navegar com grande pressa logo após a tempestade e os tremores ocorridos em 1º de março. Nosso correspondente em Auckland confere ao Emma e à sua tripulação uma excelente reputação, e Johansen é descrito como um homem sóbrio e digno. O almirantado instituirá um inquérito sobre toda a situação, com início amanhã, pelo qual todos os esforços serão empreendidos para induzir Johansen a falar mais abertamente sobre os acontecimentos.

E isso era tudo, além da figura da estátua infernal. Mas que sequência de ideias foi disparada em minha mente! Havia, aqui, novas informações preciosíssimas sobre a seita de Cthulhu e evidências de que ela possuía estranhos interesses, tanto no mar como na terra. Que motivo teria levado a tripulação de mestiços a ordenar que o *Emma* retornasse, enquanto navegavam com seu ídolo hediondo? O que era a ilha desconhecida na qual seis marinheiros do *Emma* tinham morrido, e a respeito de que o imediato Johansen se mostrava tão sigiloso? O que tinha revelado a investigação do vice-almirantado, e o que se conhecia sobre a nociva seita em Dunedin? E o mais extraordinário: que relação profunda e sobrenatural existia entre as datas, que havia conferido um significado maligno e, agora, incontestável, às diversas reviravoltas de acontecimentos cuidadosamente registradas por meu tio?

Em 1º de março – nosso 28 de fevereiro, de acordo com a Linha Internacional de Data –, vieram o terremoto e a tempestade. De Dunedin, o *Alert* e seus asquerosos tripulantes haviam partido com pressa, como que imperiosamente convocados, e, do outro lado do mundo, poetas e artistas tinham começado a sonhar com uma estranha cidade, úmida e monstruosa, enquanto um jovem escultor moldara em seu sono a forma do temido Cthulhu. Em 23 de março, a tripulação do *Emma* desembarcara em uma ilha desconhecida, onde deixou seis homens mortos; e, naquela mesma data, os sonhos de homens sensitivos tornaram-se altamente vívidos e obscurecidos pelo terror da perseguição maligna de um monstro gigantesco, enquanto um arquiteto enlouquecia e um escultor, de repente, era tomado pelo delírio! E sobre essa tempestade do dia 2 de abril – a data em que todos os pesadelos sobre a cidade úmida cessaram e Wilcox emergiu ileso da servidão de sua estranha febre? O que pensar de tudo isso – e sobre todas aquelas sugestões do velho Castro a respeito dos Antigos, nascidos nas estrelas e agora submersos, e de seu reino vindouro, sua leal seita e seu domínio sobre os sonhos? Estaria eu cambaleando à beira de horrores cósmicos que iriam além do que o homem é capaz de aguentar? Caso positivo, deviam ser apenas horrores mentais, pois, de algum jeito, o dia 2 de abril havia detido qualquer que fosse a ameaça monstruosa que iniciara seu cerco à alma da humanidade.

Naquela noite, depois de passar o dia telegrafando e, apressadamente, fazendo preparativos, dei adeus a meu anfitrião e peguei um trem para São Francisco. Em menos de um mês, eu estava em Dunedin – onde, entretanto, descobri que pouco se sabia sobre os estranhos membros da seita, que passavam o tempo nas velhas tabernas à beira-mar.

A escória da orla era comum demais para qualquer menção especial, embora houvesse uma vaga conversa sobre uma viagem feita pelos mestiços ao interior da região, durante a qual um suave tamborilar e chamas vermelhas foram observadas nas colinas mais distantes. Em Auckland, soube que Johansen havia retornado, e que seu cabelo loiro se tornara branco após um interrogatório superficial e inconclusivo em Sydney. Depois disso, tinha vendido seu chalé na rua West e navegado, com sua esposa, para sua antiga casa em Oslo. Sobre sua impressionante experiência, não contou nada aos colegas além do que dissera aos oficiais do almirantado, e tudo o que eles puderam fazer foi me fornecer seu endereço em Oslo.

Depois disso, fui para Sydney e conversei com marinheiros e membros do tribunal do vice-almirantado, sem nada obter. Vi o *Alert*, agora vendido e utilizado para fins comerciais, em Circular Quay, na baía de Sydney, mas sua massa condenada de nada me serviu. A imagem da criatura agachada, com sua cabeça cefalópode, corpo de dragão, asas escamosas e o pedestal inscrito com hieróglifos, encontrava-se preservada em um museu no Hyde Park. Eu a estudei longa e cuidadosamente, e achei que o objeto possuía um acabamento sinistramente caprichado e o mesmo mistério absoluto, a mesma antiguidade terrível e a estranheza sobrenatural de material que eu havia notado no exemplar menor de Legrasse. Os geólogos, contou-me o curador, consideraram a estátua um monstruoso enigma e juraram que o mundo não possuía nenhuma pedra como aquela. Então, lembrei-me, estremecendo, do que o velho Castro contara a Legrasse sobre os Grandes Antigos: "Eles vieram das estrelas e trouxeram Suas imagens consigo".

Abalado com tal revolução mental, que eu nunca antes havia experimentado, resolvi visitar o imediato Johansen em Oslo.

Navegando até Londres, embarquei, logo em seguida, para a capital norueguesa e, em um dia de outono, desembarquei nas docas bem cuidadas à sombra do castelo Egeberg. O endereço de Johansen, eu descobri, ficava na Cidade Velha do rei Harold Haardrada, que manteve vivo o nome de Oslo durante os séculos em que a grande cidade fora mascarada como "Christiania." Fiz o breve trajeto de táxi e, com o coração palpitante, bati na porta de um antigo edifício bem conservado, com uma fachada de estuque. Uma mulher de semblante triste, vestida de preto, respondeu ao meu chamado, e fui tomado de decepção quando ela me contou, em um inglês hesitante, que Gustaf Johansen havia falecido.

Ele não sobrevivera por muito tempo após seu retorno, contou a esposa, pois os acontecimentos no mar em 1925 tinham-no destruído. Johansen não lhe contou muito mais do que dissera publicamente, mas deixara um longo manuscrito – de "questões técnicas", ele explicou – em inglês, evidentemente para protegê-la do perigo de alguma leitura casual. Durante uma caminhada por uma travessa estreita, próximo à doca de Gotemburgo, um pacote de papéis ciu da janela de um sótão e o atingiu. Dois marinheiros lascares ajudaram-no, rapidamente, a se levantar, mas, antes que a ambulância chegasse, ele estava morto. Os médicos não encontraram uma causa adequada para a morte e consideraram que fora por problemas cardíacos e por seu físico enfraquecido. Agora, eu sentia corroer minhas entranhas o terror sombrio que jamais me abandonará, até que eu também descanse; "por acidente" ou não. Convencendo a viúva de que minha conexão com as "questões técnicas" descritas por seu marido era suficiente para que ela me confiasse o manuscrito, levei o documento comigo e comecei a lê-lo no barco para Londres.

Tratava-se de um texto simples, desconexo – uma tentativa inocente de um marinheiro em escrever um diário *post factum* –, um esforço para recordar cada dia daquela viagem horrenda. Não posso tentar transcrevê-lo integralmente, em toda a sua nebulosidade e redundância, mas tentarei transmitir o suficiente de sua essência para mostrar por que o som da água batendo nas laterais da embarcação tornara-se tão insuportável para mim, de modo que precisei tampar meus ouvidos com algodão.

Johansen, graças a Deus, não sabia muito, apesar de ter visto a cidade e a Criatura, mas jamais dormirei calmamente outra vez ao pensar nos horrores que espreitam incessantemente atrás da vida no tempo e no espaço, e naquelas blasfêmias profanas de estrelas anciãs que sonham sob o mar, conhecidas e favorecidas por uma seita digna de pesadelos, pronta e ansiosa para libertá-las no mundo assim que qualquer outro terremoto possa elevar novamente sua monstruosa cidade de pedra em direção ao sol e ao ar.

A viagem de Johansen começara exatamente como ele havia contado ao vice-almirantado. O *Emma*, em lastro, partira de Auckland em 20 de fevereiro, e sentira toda a força da tempestade provocada pelo terremoto, que deve ter libertado do fundo do mar os horrores que preencheram os sonhos dos homens. De novo sob controle, a embarcação progredia com sucesso quando foi atacada pelo *Alert*, em 22 de março. Nesse momento, pude sentir o desgosto do imediato enquanto Johansen escrevia sobre o bombardeio e o naufrágio do *Emma*. Dos demoníacos cultistas negros do *Alert* ele falava com um horror significativo. Eles possuíam alguma característica peculiarmente abominável, que fazia com que sua destruição parecesse quase uma obrigação, e Johansen revelou um espanto ingênuo em relação à acusação de crueldade apresentada contra ele e seus colegas, durante os procedimentos do tribunal de inquérito. Então, levados pela curiosidade, seguindo em frente no iate capturado sob o comando do segundo imediato, os homens avistaram uma grande coluna de pedra que despontava do mar; e, aos 47°9' de latitude sul e 123°43' de longitude oeste, depararam com uma faixa costeira formada por uma mistura de lama, limo e construções de pedra gigantescas, cobertas por ervas daninhas, que não podiam ser outra coisa senão a substância concreta do supremo terror da terra – a cidade-cadáver dos pesadelos, R'lyeh, construída havia imensuráveis eras anteriores à História pelas formas enormes e repugnantes que nasceram das estrelas negras. Ali jaziam o grande Cthulhu e suas hordas, escondidos em jazigos cobertos de limo esverdeado, emitindo, enfim, após ciclos incalculáveis, os pensamentos que espalhavam o medo pelos sonhos dos sensitivos e convocando seus fiéis, imperiosamente, para uma peregrinação de libertação e restauração. De tudo isso Johansen não suspeitava, mas Deus sabe que ele logo veria o suficiente!

Acredito que apenas um único pico de montanha, a hedionda cidadela coroada pelo monólito em que o grande Cthulhu estava enterrado, realmente emergiu das águas. Quando penso na extensão de tudo o que pode estar à espreita lá embaixo, quase desejo tirar minha própria vida. Johansen e seus homens estavam espantados com a majestade cósmica dessa gotejante babilônia de demônios anciãos, e devem ter adivinhado, sem ajuda alguma, que não se tratava de algo deste ou de nenhum outro planeta que fosse são. O pavor em relação ao tamanho inacreditável dos blocos de pedra esverdeados, à altura vertiginosa do monólito esculpido e à semelhança estonteante da estátua colossal e dos baixos-relevos com a estranha imagem encontrada no santuário no *Alert* era dolorosamente visível em cada linha da amedrontada descrição redigida pelo imediato.

Sem conhecer o futurismo, Johansen chegou muito perto de retratá-lo quando contou sobre a cidade; pois, em vez de descrever cada estrutura ou construção específica, deteve-se apenas em impressões gerais de vastos ângulos e superfícies das pedras – superfícies grandiosas demais para pertencerem a algo normal ou próprio desta terra – e em imagens e hieróglifos ímpios e horríveis. Menciono sua referência aos ângulos porque ela sugere algo que Wilcox havia me contado sobre seus pesadelos terríveis. Ele disse que a geometria do lugar que via nos sonhos era anormal, não euclidiana e abominavelmente sugestiva de domínios e dimensões distantes das nossas. Agora, um marinheiro iletrado notava as mesmas características enquanto observava aquela terrível realidade.

Johansen e seus homens desembarcaram em um banco de lama inclinado naquela monstruosa Acrópoles e escalaram os titânicos blocos enlameados e escorregadios, que não poderiam compor a escadaria de nenhum mortal. O próprio sol, no céu, parecia distorcido quando visto através da névoa pútrida e polarizante que emanava dessa perversão encharcada, e uma ameaça e um suspense traiçoeiros espreitavam maliciosamente naqueles ângulos loucamente imprecisos de pedras esculpidas, sobre as quais um segundo olhar revelava concavidade, após um primeiro ter indicado convexidade.

Algo muito parecido com pavor tomara conta de todos os exploradores, antes mesmo que avistassem qualquer coisa mais definida que pedras, limo e ervas. Cada um teria fugido, caso não temesse o desprezo dos colegas, e foi sem muita convicção que eles procuraram – em vão, como se revelou – algo que pudessem levar como lembrança para casa.

Foi Rodrigues, o português, quem escalou a base do monólito e gritou, contando aos outros o que tinha encontrado. O restante o seguiu e olhou, com curiosidade, a imensa porta esculpida com o agora familiar baixo-relevo da lula-dragão. Johansen disse que ele se assemelhava a uma enorme porta de celeiro; e todos concordaram que se tratava mesmo de uma porta, por causa da verga, da soleira e dos batentes ao redor dela, todos ornamentados, embora ninguém pudesse entender se ela estava na horizontal, como a porta de um alçapão, ou inclinada, como a porta externa de uma adega. Como Wilcox dissera, a geometria do local estava toda errada. Não se podia ter certeza de que o mar e o solo eram horizontais, e, por isso, a posição relativa de tudo o mais parecia fantasmagoricamente variável.

Briden empurrou a pedra em vários pontos, sem sucesso. Então, Donovan apalpou as bordas delicadamente, pressionando um ponto de cada vez. Ele a escalou interminavelmente, pela grotesca moldura da abertura – isto é, se pudesse chamar de escalada caso a pedra não estivesse, afinal de contas, na horizontal –, e os homens se perguntavam como alguma porta no universo podia ser tão imensa. Então, muito delicada e vagarosamente, a verga, que media cerca de 4 mil metros, começou a ceder para dentro em seu topo; e eles perceberam que ela estava equilibrada. Donovan escorregou ou, de algum modo, se impulsionou para baixo ou ao longo do batente, e voltou a se reunir aos colegas, que assistiam ao estranho recuo do monstruoso portal esculpido. Nessa fantasia de distorção prismática, a porta se moveu de forma anormal, na diagonal, e, então, todas as regras de matéria e perspectiva pareciam ter sido anuladas.

A abertura era negra, de uma escuridão quase material. Aquele negrume era, na verdade, uma qualidade positiva, pois obscurecia certas partes das paredes internas, que, do contrário, seriam reveladas – na verdade, irrompia como fumaça de seu aprisionamento havia eras trancado, visivelmente escurecendo o sol enquanto escapava em direção ao céu encolhido e corcunda, com suas agitadas asas membranosas. O odor que saía das profundidades recém-abertas era intolerável, e, por fim, Hawkins, com seus ouvidos aguçados, pensou ter escutado o ruído desagradável de um chapinhar lá embaixo. Todos ouviram, e estavam prestando atenção quando a criatura se arrastou pesadamente, babando, à vista, e, enquanto tateava, espremia sua imensidade verde gelatinosa pelo vão negro da porta, em direção ao ar corrompido daquela venenosa cidade de loucura.

A precária caligrafia de Johansen pareceu falhar nesse momento. Dos seis homens que nunca alcançaram o navio, ele acredita que dois haviam perecido de puro terror naquele instante amaldiçoado. Não era possível descrever a Criatura – não existem palavras adequadas para tais abismos de loucura gritante e imemorial, tantas as contradições sobrenaturais de toda a matéria, força e ordem cósmica. Uma montanha caminhando, ou cambaleando, tropeçou. Deus! Não é mesmo surpreendente que, na Terra, um grande arquiteto tenha enlouquecido e o pobre Wilcox, delirado de febre naquele instante telepático? A Criatura dos ídolos, aquela cria estelar, verde e pegajosa, tinha despertado para reivindicar seu domínio. As estrelas estavam novamente alinhadas, e o que uma antiquíssima seita falhara em realizar de propósito um grupo de inocentes marinheiros empreendera por acidente. Após zilhões de anos, o grande Cthulhu estava livre novamente e delirava de puro prazer.

Três homens foram arrastados por suas garras flácidas, antes mesmo que pudessem se virar. Que Deus lhes conceda o descanso, se algum descanso de fato existir no universo. Eram Donovan, Guerrera e Angstrom. Parker escorregou, enquanto os outros três disparavam freneticamente pelo panorama infinito de pedras verdes encrostadas em direção à embarcação, e Johansen jura ter sido engolido por um ângulo de uma construção de pedra que não deveria estar ali; um ângulo que era agudo, mas se comportava como obtuso. Então, apenas Briden e Johansen alcançaram o barco, e remaram desesperadamente para o *Alert*, enquanto a monstruosidade montanhosa lançava-se pesadamente pelas pedras viscosas e hesitava, debatendo-se na beira da água.

O vapor na embarcação não havia arrefecido completamente, apesar do desembarque de toda a tripulação na costa; e bastaram apenas alguns momentos de corrida frenética, de um lado para o outro, entre o timão e as máquinas, para pôr o *Alert* em movimento. Vagarosamente, entre os horrores distorcidos daquela cena indescritível, a embarcação começou a agitar as águas letais; ao mesmo tempo, sobre uma construção de pedra daquela praia macabra que não era deste mundo, a Criatura titânica vinda das estrelas babava e bradava de modo incompreensível, tal como

Polifemo amaldiçoando o barco em fuga de Ulisses. Então, mais audacioso que o Ciclope das histórias, o grande Cthulhu deslizou oleosamente para dentro da água e começou a perseguir o iate, levantando ondas e provocando golpes de potência cósmica. Briden olhou para trás e enlouqueceu, rindo histericamente, e continuando assim, em intervalos, até que, certa noite, a morte o encontrou na cabine, enquanto Johansen vagava, delirante.

Mas ele ainda não havia desistido. Sabendo que a criatura certamente poderia alcançar o *Alert* até que os motores estivessem a todo o vapor, Johansen apostara em uma tentativa desesperada; e, ajustando as máquinas para que funcionassem na máxima velocidade, correu como um raio sobre o deque e inverteu o timão. Um turbilhão poderoso, cheio de espuma, formou-se no oceano pestilento, e, enquanto a pressão do vapor crescia mais e mais, o corajoso norueguês dirigiu a proa da embarcação contra a gelatina que o perseguia e que insurgia sobre a espuma imunda, como a popa de um galeão demoníaco. A medonha cabeça de lula, repleta de tentáculos retorcidos, aproximou-se do gurupés do robusto iate, mas Johansen continuou a avançar, implacavelmente. Houve um barulho como o de uma bexiga estourando, uma imundice lamacenta como a de um peixe-lua partido ao meio, um fedor como o de milhares de sepulturas abertas e um som que o cronista não conseguiu pôr no papel. Por um instante, o barco foi encoberto por uma nuvem verde, ácida e cegante, e depois surgiu apenas um fervilhar venenoso próximo à popa, na qual – meu Deus do céu! – a plasticidade esparramada daquela inominável cria dos céus recombinava-se, nebulosamente, em sua odiosa forma original. Enquanto isso, o *Alert* se distanciava mais a cada segundo, impulsionado pela crescente pressão do vapor.

Isso foi tudo. Em seguida, Johansen ficou apenas refletindo sobre o ídolo na cabine e se preocupou em arranjar alimento para ele e o maníaco risonho ao seu lado. Não tentou navegar depois daquela primeira fuga ousada, pois a reação havia levado parte de sua alma. Então, veio a tempestade de 2 de abril, e sua consciência se perturbou. Há uma sensação de redemoinho espectral por poços líquidos de infinidade, de viagens vertiginosas por universos cambaleantes na cauda de um cometa e de mergulhos histéricos no fosso em direção à Lua e, da Lua, de volta ao fosso, tudo animado por um gargalhante coral dos deuses antigos, distorcidos e hilários, e dos zombeteiros diabretes verdes com asas de morcego de Tártaro.

Daquele sonho, viera o resgate – o *Vigilant*, o tribunal do vice-almirantado, as ruas de Dunedin, e a longa viagem para o lar, para a velha casa próxima ao Egeberg. Ele não podia contar nada – pensariam que enlouquecera. Escreveria o que sabia antes que a morte viesse, mas sua esposa não poderia descobrir. O fim seria uma bênção se, ao menos, pudesse ter suas memórias apagadas.

Foi esse o documento que eu li, e que agora guardei em uma lata, ao lado do baixo-relevo e dos documentos do professor Angell. Anexo, estará também este meu relato – este teste da minha própria sanidade, no qual reuni o que espero que nunca mais seja reunido novamente. Considerei tudo aquilo de que o universo dispõe a fim de conter o horror, e mesmo os céus da primavera e as flores do verão tornaram-se, depois de tudo, um veneno para mim. Mas não acredito que minha vida será longa. Assim como meu tio se foi, como o pobre Johansen se foi, eu também irei. Sei demais, e a seita ainda vive.

Cthulhu ainda vive também, suponho, mais uma vez no fosso de pedra que o protege desde que o sol era jovem. Sua cidade amaldiçoada está, novamente, submersa, pois o *Vigilant* navegou sobre a região depois da tempestade de abril; mas, em lugares remotos, seus adoradores em terra ainda urram, saltam e matam ao redor dos monólitos coroados por ídolos. A Criatura deve ter afundado e ficado presa em seu fosso obscuro, ou então o mundo estaria agora gritando de pavor e frenesi. Quem conhecerá o fim? O que emergiu pode afundar, e o que afundou pode emergir. O abominável está à espera e sonha nas profundezas, e a decadência se espalha sobre as instáveis cidades dos homens. Chegará o momento – mas não devo e não posso pensar! Deixem-me rezar para que, caso eu não sobreviva a este manuscrito, meus testamenteiros coloquem a precaução à frente do atrevimento e garantam que estes escritos nunca encontrem outros olhos.

DAGON

Escrevo este relato sob uma pressão mental considerável, pois, à noite, não existirei mais. Sem nenhum centavo, e ao fim do suprimento da droga que é a única coisa que torna minha vida suportável, não aguento mais essa tortura; e devo jogar-me da janela deste sótão para a rua imunda abaixo. Não pense que, por ser escravo da morfina, eu seja fraco ou degenerado. Quando tiver lido estas páginas, rabiscadas às pressas, você poderá deduzir, ainda que nunca entenda completamente, por que devo ser esquecido ou morrer.

Foi numa das áreas mais abertas e menos frequentadas do amplo Pacífico que a embarcação de cuja carga eu era responsável foi atacada por um navio alemão. A Grande Guerra tinha acabado de começar, e as forças marítimas dos hunos não haviam afundado completamente, chegando à sua degradação futura; de modo que nosso barco se tornou um prêmio legítimo, enquanto nós, da tripulação, fomos tratados com toda a justiça e a consideração reservadas aos prisioneiros navais. Tão liberal, na verdade, era a disciplina dos nossos captores que, cinco dias depois de sermos presos, consegui escapar sozinho, em um pequeno bote, com água e mantimentos para um bom período de tempo.

Quando, finalmente, encontrei-me à deriva e livre, tinha apenas uma pequena ideia dos meus arredores. Como nunca fora um navegador competente, tinha apenas uma vaga noção, pela posição do sol e das estrelas, de que estava um pouco ao sul do Equador. Da longitude nada sabia, e nenhuma ilha ou faixa costeira estava à vista. O tempo manteve-se bom, e, por inúmeros dias, vaguei sem rumo, sob o sol escaldante, à espera de que um navio passasse, ou de que eu fosse conduzido para a costa de alguma terra habitável. Mas nenhum navio ou terra surgiu, e comecei a me desesperar em minha solidão sobre a agitada imensidão de azul infinito.

A mudança aconteceu enquanto eu dormia. Dos detalhes, porém, nunca saberei, pois meu sono, embora agitado e infestado de sonhos, foi ininterrupto. Quando, enfim, despertei, descobri que havia sido, em parte, sugado por uma vastidão pegajosa de um lodo negro infernal, que se estendia sobre mim em ondulações monótonas até onde eu podia enxergar, e na qual meu barco jazia encalhado a alguma distância.

Embora seja possível imaginar que minha primeira sensação fosse de surpresa diante de uma transformação de cenário tão prodigiosa e inesperada, eu estava, na verdade, mais horrorizado que atônito; pois havia no ar e no solo pútrido uma natureza sinistra, que me arrepiou até a alma. A área fedia com as carcaças de peixes e de outros seres indescritíveis em decomposição, que se projetavam da lama asquerosa na planície infindável. Talvez eu não devesse tentar expressar com simples palavras a indizível monstruosidade que pode residir no absoluto silêncio e na imensidão estéril. Não havia nada que se pudesse ouvir ou ver exceto uma vasta extensão de lodo negro; ainda assim, a intensa completude da imobilidade e da uniformidade da paisagem me oprimia, com uma sensação de medo nauseante.

O sol queimava no céu, que parecia, para mim, quase negro, como se refletisse o pântano escuro sob meus pés, devido à cruel ausência de nuvens. Enquanto me arrastava até o bote encalhado, percebi que apenas uma teoria poderia explicar a posição em que me encontrava. Por conta de uma erupção vulcânica sem precedentes, uma porção do solo oceânico deve ter sido trazida à superfície, expondo trechos que, por milhões de anos, estiveram escondidos sob a incalculável profundidade da água. Tão grande era a extensão da nova terra que emergira sob mim que eu não podia detectar o mais leve rumor vindo do oceano, por maior esforço que fizesse. Tampouco havia aves marinhas para se alimentar dos animais mortos.

Por várias horas permaneci sentado, pensando ou cismando no barco, que se sustentava de lado e projetava uma leve sombra à media que o sol se movia pelo céu. Ao longo do dia, o solo perdeu um pouco de sua viscosidade, e parecia provável que, em pouco tempo, estivesse seco o suficiente para que eu me deslocasse. Naquela noite, dormi pouco e, no dia seguinte, aprontei uma bolsa com comida e água, como preparativo para uma viagem por terra, em busca do mar desaparecido e de um possível resgate.

Na terceira manhã, vi que o solo estava seco o bastante para que se caminhasse com facilidade. O cheiro dos peixes era enlouquecedor, mas eu estava muito mais preocupado com questões de maior gravidade para dar atenção a males tão insignificantes, e, então, parti, corajosamente, rumo ao desconhecido. Durante o dia inteiro, mantive-me sempre em direção ao oeste, guiado por um pequeno monte, a distância, que se erguia mais alto que qualquer outra elevação no deserto ondulante. À noite, acampei e, no dia seguinte, continuei meu percurso em direção ao morro, embora este parecesse estar quase tão longe quanto da primeira vez que o vi. Na quarta noite, alcancei sua base, e sua altura, na realidade, revelou-se muito maior do que aparentava ser a distância; um vale realçava o relevo mais nítido do monte, em relação à superfície geral. Exausto demais para escalar, dormi sob sua sombra.

Não sei por que meus sonhos foram tão loucos naquela noite, mas, antes que a lua minguante, fantasticamente convexa, se erguesse sobre a planície ao leste, acordei, suando frio, e determinei-me a não dormir mais. As visões que experimentei iam além do que eu poderia suportar novamente. E, sob o brilho da lua, me dei conta de quanto eu fora imprudente em viajar durante o dia. Na ausência da luz abrasadora do sol, a viagem teria me custado menos energia; de fato, agora eu me sentia bastante capaz de encarar a subida que me havia desencorajado durante o pôr do sol. Pegando meus mantimentos, parti rumo ao topo da elevação.

Comentei que a monotonia ininterrupta da planície ondulante era, para mim, fonte de um vago horror; mas acredito que tal horror tenha sido ainda maior quando alcancei o cume do monte e vi, do outro lado, um imensurável fosso ou cânion, cuja negra profundidade a lua ainda não havia se erguido o suficiente para iluminar. Eu me senti como se estivesse na beirada do mundo, espreitando, sobre a borda, o caos incompreensível da noite eterna. Em meu terror, fluíram curiosas lembranças de *Paraíso Perdido* e da hedionda escalada de Satã pelos disformes reinos da escuridão.

Enquanto a lua se elevava cada vez mais no céu, comecei a perceber que as encostas do vale não eram exatamente tão íngremes como eu imaginara. Saliências e rochas expostas funcionavam como pontos de apoio para os pés, para uma descida relativamente fácil, e, depois de cerca de 30 metros, o declive se tornava bastante gradual. Movido por um impulso que não sou capaz de explicar, desci as rochas, com dificuldade, e parei no terreno inclinado mais suave, logo abaixo, encarando as infernais profundezas, em que luz nenhuma havia jamais penetrado.

De repente, minha atenção foi capturada por um grande e singular objeto, na encosta oposta, que se erguia acentuadamente, a cerca de 100 metros de distância; um objeto que possuía um brilho pálido sob os raios de luz recém-lançados pela lua ascendente. Logo me convenci de que se tratava apenas de um gigantesco pedaço de pedra; mas estava ciente da nítida impressão de que seu contorno e sua posição não eram somente obras da natureza. Um exame mais detalhado encheu-me de sensações que não consigo expressar; porque, apesar de sua enorme magnitude e de sua localização, em um abismo escancarado no fundo do mar desde que o mundo era jovem, compreendi que, sem dúvida, o estranho objeto era um monólito bem formado, cujo enorme volume conhecera o trabalho e, talvez, a adoração de seres vivos e pensantes.

Confuso e amedrontado, contudo, e sentindo uma adrenalina própria do encantamento dos cientistas e arqueólogos, examinei meu entorno com maior atenção. A lua, agora próxima de seu zênite, brilhou, estranha e vividamente, sobre os íngremes precipícios que rodeavam o abismo, e revelou que um extenso corpo de água fluía lá embaixo, serpenteando para além da vista, em ambas as direções, quase envolvendo meus pés enquanto eu permanecia na encosta. Do outro lado do abismo, as pequenas ondulações banhavam a base do monólito gigante, em cuja superfície eu podia agora observar inscrições e esculturas rudimentares. A escrita se apresentava em um sistema de hieróglifos que eu não conhecia, diferente de tudo o que já tinha visto nos livros; a maior parte deles consistia em símbolos aquáticos estilizados, como peixes, enguias, polvos, crustáceos, moluscos, baleias e outros do mesmo tipo. Vários hieróglifos representavam, obviamente, criaturas marinhas desconhecidas ao mundo moderno, cujas formas em decomposição, porém, pude observar na planície que se erguera do oceano.

Foram os entalhes pictóricos, no entanto, que mais me fascinaram. Claramente visível através da água, graças a suas enormes dimensões, encontrava-se uma variedade de baixos-relevos, cujas temáticas teriam despertado a inveja de Doré. Acredito que tais figuras retratassem homens – ao menos um certo tipo de homem, embora as criaturas tivessem sido representadas divertindo-se como peixes nas águas de alguma gruta marinha, ou, então, prestando homenagens em algum templo monolítico, que também parecia localizar-se sob as ondas. Sobre suas faces e formas não ouso falar em detalhes, pois a mera lembrança me faz desmaiar. Grotescos além da imaginação de Poe ou Bulwer, os contornos gerais eram terrivelmente humanos, apesar das mãos e dos pés com membranas, dos impressionantes lábios enormes e flácidos, dos olhos vítreos e salientes e de outras características ainda menos agradáveis de recordar. Curiosamente, as criaturas pareciam ter sido esculpidas bastante fora de proporção em relação ao plano de fundo, já que uma delas fora retratada no ato de abater uma baleia, cuja figura era apenas um pouco maior que a da própria criatura. Notei, como disse, suas características grotescas e seu tamanho exagerado, mas, afinal, decidi que se tratava apenas dos deuses imaginários de alguma tribo primitiva de pescadores ou de navegadores – alguma tribo cujo último descendente havia morrido eras antes do nascimento do primeiro ancestral do Homem de Piltdown ou do Homem de Neandertal. Boquiaberto diante do inesperado vislumbre de um passado além da concepção do mais audacioso dos antropólogos, detive-me, refletindo, enquanto a lua lançava estranhos reflexos no canal silencioso à minha frente.

E, então, de repente, eu a vi. Com apenas uma leve agitação que marcava sua aparição na superfície, a criatura deslizou, ficando visível sobre as águas escuras. Enorme como Polifemo, repugnante, ela se lançou velozmente, como um monstro saído de um pesadelo, em direção ao monólito, sobre o qual atirou os braços gigantescos e escamosos, enquanto curvava a cabeça hedionda e emitia certos sons ritmados. Acho que foi naquele instante que enlouqueci.

De minha subida frenética pela encosta e pelo monte, e de

minha jornada delirante de volta ao bote encalhado, lembro-me pouco. Acredito ter cantado bastante e gargalhado estranhamente quando não fui capaz de cantar. Tenho vagas recordações de uma forte tempestade algum tempo depois de eu ter chegado ao barco; de qualquer maneira, sei que ouvi estrondos de trovões e outros sons que a natureza exprime apenas quando está em seus ânimos mais selvagens.

Quando saí das sombras, estava em um hospital, em São Francisco; fui levado até lá pelo capitão do navio americano que resgatou meu barco no meio do oceano. Durante meu delírio, eu disse muitas coisas, mas descobri que deram pouca atenção às minhas palavras. Aqueles que me resgataram não sabiam nada sobre nenhum levante de terra no meio do Pacífico, mas também não julguei necessário insistir em uma história na qual, eu sabia, ninguém acreditaria. Certa vez, procurei um célebre etnólogo e o diverti com questões peculiares sobre a antiga lenda filisteia de Dagon, o deus-peixe, mas logo percebi que ele era irremediavelmente tradicional, e deixei de fazer minhas perguntas.

É durante a noite, especialmente quando a lua está convexa e minguante, que vejo a criatura. Tentei usar a morfina, mas a droga fornecia somente alívio temporário, atraindo-me para suas garras como a um escravo desesperançado. Então, agora, após deixar um relato completo para informação ou divertimento zombeteiro de meus colegas, estou prestes a acabar com tudo. Com frequência, pergunto a mim mesmo se tudo não teria sido apenas pura imaginação – uma simples fantasia febril enquanto eu, deitado, sofrendo com uma insolação, delirava no barco aberto depois de minha fuga dos soldados alemães. Assim me pergunto, mas sempre tenho uma horrível e vívida visão como resposta. Não consigo pensar nas profundezas do oceano sem estremecer, imaginando as inomináveis criaturas que podem, neste momento, estar rastejando e se debatendo em seu leito pegajoso, adorando seus antigos ídolos de pedra e esculpindo suas próprias imagens abomináveis nos obeliscos submarinos de granito imersos na água. Sonho com o dia em que elas possam flutuar sobre as ondas, para arrastar, com suas garras fétidas, os vestígios da humanidade, débil e devastada pela guerra – com o dia em que a terra afundará e o solo escuro do oceano se elevará em meio ao pandemônio universal.

O fim está próximo. Ouço um barulho à porta, como se um imenso corpo escorregadio investisse contra ela. Ele me encontrará. Deus, *aquela mão*! A janela! A janela!

Os sonhos na casa da bruxa

Se os sonhos causaram a febre ou a febre causou os sonhos, Walter Gilman não sabia. Por trás de tudo, espreitava o horror inquietante e purulento da velha cidade, bem como do telhado profano, cheio de fungos, do quarto em que ele escrevia, estudava e lutava com números e fórmulas, quando não estava jogado na miserável cama de ferro. Seus ouvidos estavam cada vez mais sensíveis, em um nível sobrenatural e intolerável, e fazia muito tempo desligara o relógio barato que ficava sobre a moldura da lareira, cujo tique-taque parecia soar como estrondos de uma artilharia. À noite, a suave agitação da cidade escura lá fora, o corre-corre sinistro dos ratos nas paredes divisórias, cheias de vermes, e os rangidos das vigas ocultas na casa centenária eram suficientes para provocar-lhe a sensação de um tumulto estridente. A escuridão estava sempre repleta de barulhos inexplicáveis, e, ainda assim, ele, às vezes, tremia de medo, receando que os sons que ouvia diminuíssem, permitindo que outros ruídos, mais fracos, sobressaíssem – ruídos que ele suspeitava esconderem-se por trás dos sons mais intensos.

Ele estava em Arkham, a imutável cidade assombrada por lendas, com seus telhados em mansarada aglomerados, que oscilavam e se debruçavam sobre os sótãos nos quais, nos tempos escuros e antigos da província, as bruxas se escondiam dos homens do rei. Nenhum local naquela cidade estava mais impregnado de memórias macabras que o quarto que o abrigava – já que se tratava da exata casa e do exato quarto que havia, do mesmo modo, abrigado a velha Keziah Mason, cuja fuga da prisão de Salem, afinal, ninguém nunca soubera explicar. Isso aconteceu em 1692 – o carcereiro havia enlouquecido, e balbuciou algo sobre uma pequena criatura peluda, de presas brancas, que havia disparado da cela de Keziah, e nem mesmo o ministro Cotton Mather pôde explicar as curvas e os ângulos rabiscados com um líquido vermelho e pegajoso nas paredes de pedra acinzentadas.

Talvez Gilman não devesse ter estudado tanto. A matemática não euclidiana e a física quântica são suficientes para esgotar qualquer cérebro, e, quando alguém combina tais temas com folclore e tenta traçar um estranho histórico da realidade multidimensional por trás dos indícios macabros dos contos góticos e dos sussurros selvagens murmurados ao pé do fogo, dificilmente se pode esperar que se mantenha livre, por completo, da tensão mental. Gilman viera de Haverhill, mas foi apenas um ano depois de ter entrado na universidade em Arkham que começou a relacionar seus estudos de matemática com as lendas fantásticas da magia ancestral. Algo no ar da antiga cidade agia de modo obscuro sobre sua imaginação. Os professores da Universidade de Miskatonic insistiam para que ele diminuísse o ritmo dos estudos e restringiram, propositalmente, seu curso diversas vezes. Além disso, impediram-no de consultar livros velhos e duvidosos sobre segredos proibidos, que eram guardados a sete chaves em um cofre na biblioteca da faculdade. Mas todas essas preocupações vieram tarde demais, de modo que Gilman conseguiu algumas pistas terríveis no temido *Necronomicon*, de Abdul Alhazred, no fragmentário *Livro de Eibon* e no proibido *Unaussprechlichen Kulten*, de Von Junzt, para relacioná-las com suas fórmulas abstratas acerca das propriedades do espaço e da associação de dimensões conhecidas e desconhecidas.

Ele sabia que seu quarto se localizava na antiga Casa da Bruxa – foi por isso, na verdade, que escolhera viver ali. Havia muitas informações, nos registros do Condado de Essex, sobre o julgamento de Keziah Mason – e, além de qualquer razão, Gilman estava fascinado com o que ela tinha confessado, quando pressionada, no Tribunal de Oyer e Terminer. Ela havia contado ao juiz Hathorne sobre linhas e curvas que poderiam ser desenhadas de modo a indicar direções que conduziam, através das paredes do espaço, a outros espaços além, e insinuou que tais linhas e curvas eram usadas, com frequência, em certos encontros à meia-noite, no escuro vale da pedra branca, além da colina Meadow e na ilha desabitada do rio. Ela também havia falado sobre o Homem Negro, sobre seu juramento e sobre seu novo nome secreto, Nahab. Então, ela havia desenhado aqueles esquemas na parede de sua cela e desaparecido.

Gilman acreditou nas bizarras histórias sobre Keziah, e sentiu uma estranha adrenalina quando descobriu que sua casa continuava de pé depois de mais de 235 anos. Quando ouviu os abafados rumores de Arkham sobre a presença persistente de Keziah na antiga casa e nas ruas estreitas, sobre as marcas irregulares de dentes humanos deixadas em certas pessoas adormecidas naquela e em outras residências, sobre o choro de crianças ouvidos próximo à noite da véspera de Primeiro de Maio e à temporada do Dia de Todos os Santos, sobre o mau cheiro observado frequentemente no sótão da velha casa logo após aqueles períodos temíveis, e sobre a criatura pequena, peluda, de dentes afiados que assombrava a estrutura putrefata e a cidade, e que farejava as pessoas, com curiosidade, nas horas escuras antes do amanhecer, ele resolveu viver naquele lugar, a qualquer custo. Foi fácil garantir um quarto, já que o local era impopular, difícil de ser alugado, e havia muito oferecia uma hospedagem barata. Gilman não sabia dizer o que esperava encontrar ali, mas sabia que queria estar no mesmo edifício em que certas circunstâncias tinham, mais ou menos repentinamente, fornecido a uma medíocre anciã do século XVII conhecimento sobre as profundezas matemáticas, possivelmente além dos maiores estudos de Planck, Heisenberg, Einstein e Sitter.

Ele examinou as paredes de madeira e de gesso, buscando sinais de desenhos enigmáticos em cada trecho acessível em que o papel de parede havia descascado, e, uma semana depois, conseguiu alugar o quarto mais ao leste no piso superior, no qual Keziah costumava praticar seus feitiços. Desde o início, o cômodo estivera desocupado, pois ninguém jamais estava disposto a ficar lá por muito tempo – mas o proprietário polonês, cauteloso, tinha receio em alugá-lo. Ainda assim, nada acontecera com Gilman até a época da febre. Nenhum fantasma de Keziah esvoaçando pelos corredores e quartos sombrios, nenhuma criaturinha peluda rastejando para dentro da casa deplorável para farejá-lo e nenhum sinal de bruxaria premiaram sua busca constante. Às vezes, ele caminhava por emaranhados sombrios de ruas não pavimentadas que cheiravam a mofo, nas quais casas amarronzadas e sobrenaturais, de época desconhecida, se inclinavam, cambaleavam e espreitavam maliciosamente, de modo zombeteiro, pelas janelas estreitas de vidraças pequenas. Ele sabia que coisas estranhas já haviam acontecido ali, e havia uma leve indicação, sob a superfície, de que tudo daquele passado monstruoso poderia não ter – pelo menos nos becos mais escuros, estreitos e intrincadamente tortuosos – desaparecido em absoluto. Também remou duas vezes até a abominada ilha no rio, e fez um rascunho dos singulares ângulos descritos entre os musgos que cresciam nas pedras eretas e alinhadas, cuja origem era tão obscura e imemorial.

O quarto de Gilman era de bom tamanho, mas estranhamente irregular no formato. A parede norte inclinava-se de modo perceptível para dentro, do lado externo para o interno, enquanto o teto se inclinava gentilmente para baixo, na mesma direção. Com exceção de um evidente buraco de rato e dos sinais de outros deles, já tapados, não havia acesso – nem indício de alguma antiga via de acesso – ao espaço que deve ter existido entre a parede inclinada e a parede reta externa no lado norte da casa, ainda que a vista exterior mostrasse que uma janela havia sido encoberta fazia muito tempo. O sótão localizado acima do quarto, e que devia ter tido um piso inclinado, também era inacessível. Quando Gilman subiu uma escada em direção ao teto, cheio de teias de aranha, encontrou vestígios de uma velha abertura, firmemente tapada por tábuas antigas e fixada por robustas estacas de madeira, comuns na carpintaria colonial. Nenhum tipo de persuasão, no entanto, convenceu o inflexível proprietário a deixá-lo investigar qualquer um desses dois espaços.

Com o passar do tempo, sua curiosidade sobre a parede e o teto irregulares do cômodo aumentou, pois Gilman começou a enxergar naqueles estranhos ângulos um significado matemático que parecia fornecer vagas pistas sobre seu propósito. A velha Keziah, ele pensava, deve ter tido excelentes motivos para viver em um quarto com ângulos tão peculiares; não era através de certos ângulos que ela alegava ultrapassar os limites do mundo espacial que conhecemos? Seu interesse gradualmente se afastou dos vãos inexplorados além das superfícies inclinadas, uma vez que, agora, ele acreditava que o propósito daquelas superfícies se relacionava com o espaço em que ele já estava.

A febre cerebral e os sonhos começaram no início de fevereiro. Por algum tempo, aparentemente, os curiosos ângulos no quarto de Gilman vinham produzindo nele um efeito estranho, quase hipnótico; e, enquanto o inverno desolador avançava, ele se viu analisando, com uma intensidade cada vez maior, o canto em que o teto inclinado para baixo e a parede inclinada para dentro se encontravam. Ness período, sua incapacidade de se concentrar nos estudos formais preocupou-o consideravelmente, e suas apreensões em relação aos exames de meio do ano eram profundas. No entanto, seu exagerado sentido de audição continuava a ser um incômodo. A vida havia se tornado uma cacofonia insistente e quase insuportável, e lá estava a constante e assustadora impressão de que havia outros sons – talvez provenientes de regiões além da vida – tremulando à beira da audibilidade. No que diz respeito aos ruídos concretos, o barulho dos ratos nas antigas paredes divisórias era o pior. Por vezes, seu arranhar parecia não apenas dissimulado, mas proposital. Quando vinha além da parede inclinada ao norte, parecia misturado com algum tipo de ruído seco, e, quando vinha do sótão fechado há séculos, acima do teto inclinado, Gilman se empertigava, como se esperasse algum horror que apenas aguardava pelo momento de descer e tragá-lo completamente.

Os sonhos iam muito além dos limites da sanidade, e Gilman sentiu que poderiam ser resultado, conjuntamente, de seus estudos de matemática e folclore. Ele vinha pensando muito sobre as vagas regiões que suas fórmulas diziam se situar, além das três dimensões que conhecemos, ou, então, sobre a possibilidade de a velha Keziah Mason – guiada por alguma influência além de todas as conjecturas – ter realmente encontrado o portal para tais divisões. Os registros amarelados do condado que continham seu testemunho e aqueles de seus acusadores eram extremamente sugestivos, de modo condenável, de coisas além da experiência humana – e as descrições da pequena e peluda criatura, que atendia como sua serva, eram dolorosamente realistas, apesar de seus incríveis detalhes.

A criatura – não maior que um rato de bom tamanho e curiosamente chamada pelos moradores da cidade de "Brown Jenkin" – parecia ter sido o fruto de um caso notável de delírio coletivo, pois, em 1692, não menos que 11 pessoas atestaram tê-lo visto. Havia rumores recentes, também, que confirmavam a ideia de modo desconcertante e preocupante. Testemunhas afirmaram que a criatura tinha cabelos longos e o formato de um rato, mas que seus dentes afiados e a face barbada eram malignamente humanos, bem como suas patas, que pareciam pequeninas mãos. Ele transmitia mensagens entre a velha Keziah e o diabo, e se alimentava do sangue da bruxa, que sugava como um vampiro. Sua voz era uma espécie de risinho repugnante, e podia falar todas as línguas. De todas as monstruosidades bizarras dos sonhos de Gilman, nada o preenchia com maior pânico e náusea do que esse blasfemo e diminuto híbrido, cuja imagem esvoaçava por suas visões de forma mil vezes mais odiosa que qualquer coisa que sua mente desperta havia deduzido pelos registros antigos e pelos rumores atuais.

Os sonhos de Gilman consistiam, em grande parte, de mergulhos por abismos infinitos, de um crepúsculo inexplicavelmente colorido, preenchidos por sons perturbadoramente desordenados – abismos cujas propriedades materiais e gravitacionais e cuja relação com sua própria entidade ele não poderia sequer começar a explicar. Ele não caminhava nem escalava, não voava nem nadava, não rastejava nem se contorcia, embora sempre experimentasse uma forma de movimento em parte voluntária, em parte involuntária. Não podia julgar bem sua própria condição, pois a visão de seus braços, pernas e tronco parecia sempre limitada pela perspectiva estranhamente desajustada; mas sentia que sua organização física e suas capacidades tinham sido, de alguma forma, admiravelmente transmutadas e projetadas de modo oblíquo – no entanto, não sem uma certa relação grotesca com suas proporções e características normais.

Os abismos, de forma alguma, estavam vazios, mas sim lotados de indescritíveis massas anguladas de substâncias de tonalidades estranhas, algumas das quais pareciam ser orgânicas, enquanto outras pareciam inorgânicas. Alguns dos objetos orgânicos tendiam a despertar memórias imprecisas no fundo de sua mente, ainda que ele não pudesse formular nenhuma ideia consciente do que elas, de modo zombeteiro, lembravam ou sugeriam. Nos sonhos posteriores, Gilman começou a distinguir diferentes categorias segundo as quais os objetos orgânicos pareciam estar divididos, e que pareciam envolver, em cada caso, espécies de padrão de comportamento e motivações básicas radicalmente distintos. Entre tais categorias, uma delas aparentava incluir objetos ligeiramente menos ilógicos e irrelevantes em seus movimentos do que os membros das outras famílias.

Todos os objetos – orgânicos e inorgânicos – estavam totalmente além da descrição e até mesmo da compreensão. Às vezes, Gilman comparava as matérias inorgânicas a prismas, labirintos, conjuntos de cubos e planos e construções gigantescas; enquanto os elementos orgânicos lhe pareciam, variadamente, grupos de bolhas, polvos, centopeias, ídolos hindus dinâmicos e arabescos intrincados despertados em uma espécie de animação ofídica. Tudo o que via era indescritivelmente ameaçador e horrível, e sempre que uma das entidades orgânicas parecia, por seus movimentos, percebê-lo, ele levava um susto, cruel e horrível, que geralmente o arrancava para fora do sono. Sobre como essas últimas se moviam, não podia descrever muito mais do que como ele próprio se movia. Com o tempo, observou um novo mistério – a tendência de certas entidades em aparecer de repente no espaço vazio ou em desaparecer totalmente com a mesma velocidade. A confusão sonora, gritante e estrondosa, que permeava os abismos estava além de todas as análises quanto ao tom, ao timbre ou ao ritmo; mas parecia estar em sincronia com mudanças visuais imprecisas em todos os objetos indefinidos, orgânicos e inorgânicos. Com frequência, Gilman temia que ela pudesse se elevar a um grau insuportável de intensidade durante uma outra de suas flutuações obscuras, rigorosamente inevitáveis.

Mas não era em um desses redemoinhos de completa alienação que ele via Brown Jenkin. Aquele pequeno horror perturbador estava reservado para certos tipos de sonho, mais leves e definidos, que o assaltavam logo antes que ele mergulhasse nas mais completas profundezas do sono. Ficava deitado no escuro, lutando para se manter acordado, quando um brilho fraco e cintilante parecia reluzir pelo antigo quarto, revelando, em uma névoa violeta, a junção dos planos angulados que tomaram conta de seu cérebro de modo tão traiçoeiro. O horror surgia do buraco de rato, no canto do quarto, e corria até ele pelo piso curvado de tábuas largas, com uma expectativa maligna em sua pequena face humana barbada; porém, misericordiosamente, tal sonho sempre se dissolvia antes que a criatura chegasse perto o suficiente para farejá-lo. Ela possuía caninos infernalmente longos e afiados; Gilman tentava tapar o buraco de rato todos os dias, mas, a cada noite, os verdadeiros inquilinos da cavidade roíam a barreira, qualquer que fosse. Certa vez, ele conseguiu que o proprietário pregasse uma chapa de latão sobre o buraco, mas, na noite seguinte, os ratos roeram um buraco novo em folha e, nesse processo, empurraram ou arrastaram para o quarto um curioso pequeno fragmento de osso.

Gilman não mencionou sua febre para o médico, pois sabia que não passaria nos exames se fosse enviado para a enfermaria da universidade, já que cada momento era essencial para os estudos. Naquelas condições, não passou em Cálculo D nem em Psicologia Geral Avançada, mas não perdeu as esperanças de recuperar o terreno perdido até o fim do semestre.

Foi em março que o novo elemento passou a fazer parte de seus sonhos preliminares mais sutis, e a presença de Brown Jenkin, digna de pesadelos, começou a aparecer, acompanhada por uma mancha nebulosa que se assemelhava, mais e mais, a uma velha mulher curvada. Tal adição perturbou-o mais do que poderia explicar, mas, no fim, ele decidiu que se tratava de uma idosa que havia realmente encontrado, duas vezes, no escuro emaranhado de vielas perto do cais abandonado. Naquelas ocasiões, o olhar cruel, cheio de escárnio e aparentemente desmotivado da velha quase o fizera estremecer – especialmente da primeira vez, quando um enorme rato havia disparado pela saída de um beco adjacente e o havia feito pensar, irracionalmente, em Brown Jenkin. Agora, ele presumia, tais nervosos temores estavam apenas sendo refletidos em seus sonhos desordenados. Que a influência da antiga casa era prejudicial ele não podia negar; entretanto, resíduos de seu prévio interesse mórbido ainda o mantinham ali. Gilman argumentava que a febre, por si só, era responsável por suas fantasias noturnas, e que, quando ela diminuísse, ele estaria livre daquelas visões monstruosas. Aquelas cenas, porém, eram de uma vivacidade e uma verossimilhança envolventes, e, sempre que ele acordava, tinha a vaga sensação de ter vivido muito mais do que se lembrava. Tinha a horrível certeza de que, em sonhos esquecidos, havia falado com Brown Jenkin e com a velha, e que eles o incitavam a acompanhá-los a algum lugar onde encontrariam um terceiro ser de potência superior.

Próximo ao fim de março, ele começou a obter melhores resultados em matemática, embora as outras matérias o preocupassem cada vez mais. Estava desenvolvendo uma agilidade intuitiva na resolução de equações de Riemann, e surpreendeu o professor Upham pela compreensão da quarta dimensão e de outros problemas, deixando maravilhado o restante da classe. Certa tarde, houve uma discussão sobre possíveis curvaturas excêntricas no espaço e sobre pontos teóricos de aproximação ou mesmo de contato entre nossa parte do cosmos e várias outras regiões, tão afastadas quando as estrelas mais longínquas ou os próprios abismos transgaláticos – ou mesmo tão espetacularmente distantes quanto as unidades cósmicas provisoriamente concebíveis além de todo o contínuo espaço-tempo einsteiniano. A abordagem de Gilman sobre o tema admirou a todos, ainda que algumas de suas ilustrações hipotéticas avolumassem as sempre numerosas fofocas sobre sua nervosa e solitária excentricidade. O que fez com que os alunos balançassem a cabeça em desaprovação foi sua sóbria teoria de que o homem poderia – dado um conhecimento matemático reconhecido como além da probabilidade de aquisição humana – transportar-se intencionalmente da Terra para qualquer outro corpo celestial que se encontrasse em uma infinidade de pontos específicos da configuração cósmica.

Tal processo, ele explicou, demandaria apenas duas etapas: primeiro, a passagem para fora da esfera tridimensional que conhecemos, e, segundo, a passagem de volta para a esfera tridimensional em outro ponto, talvez a uma distância infinita. Que isso pudesse ser realizado sem perda de vida era, em muitos casos, aceitável. Qualquer ser, de qualquer parte do espaço tridimensional, provavelmente poderia sobreviver na quarta dimensão; e sua sobrevivência à segunda etapa dependeria apenas da parte misteriosa do espaço tridimensional que fosse selecionada para sua reentrada. Habitantes de alguns planetas poderiam ser capazes de viver em outros – até mesmo em planetas pertencentes a outras galáxias, ou em fases dimensionais similares de outros contínuos espaço-tempo – embora, é claro, devesse existir um vasto número de corpos ou zonas espaciais mutuamente inabitáveis, mesmo que justapostos segundo a matemática.

Também era possível que os habitantes de um dado domínio dimensional conseguissem sobreviver à entrada em vários domínios desconhecidos e incompreensíveis, de dimensões adicionais ou indefinidamente multiplicadas – estivessem elas dentro ou fora de determinado contínuo espaço-tempo –, e que o inverso fosse igualmente verdade. Era uma questão a ser estudada, ainda que se pudesse estar razoavelmente certo de que o tipo de mutação envolvido na passagem de qualquer plano dimensional para o próximo plano superior não destruiria a integridade biológica como a compreendemos. Gilman não conseguia ser muito claro sobre suas razões para essa última suposição, mas sua imprecisão, ali, era mais que equilibrada, por sua clareza em outros pontos complexos. O professor Upham gostou, especialmente, de sua demonstração sobre a afinidade da mais elevada matemática com certas fases de sabedoria mágica, transmitida por eras a partir de uma extraordinária antiguidade – humana ou pré-humana –, cujo conhecimento do cosmos e de suas leis era mais elevado que o nosso.

Por volta de 1º de abril, Gilman começou a ficar muito preocupado, pois sua febre não diminuía. Também estava incomodado com o que alguns dos outros inquilinos haviam dito sobre seu sonambulismo. Ao que parecia, ele saía frequentemente da cama, e o rangido no assoalho de seu quarto, em certas horas da noite, era notado pelo homem do quarto abaixo. O sujeito também comentou que ouvia passos de pés calçados durante a madrugada, mas Gilman tinha certeza de que ele devia ter se confundido, já que seus sapatos, bem como outras peças de vestuário, estavam sempre no lugar certo pela manhã. Podia-se desenvolver todo tipo de delírio auditivo naquela velha e mórbida casa – o próprio

Gilman, mesmo durante o dia, não estava certo de que outros barulhos além do arranhar de ratos vinham dos vãos escuros por trás e acima da parede e do teto inclinados? Seus ouvidos patologicamente sensíveis começaram a ouvir passos suaves no sótão imemorialmente vedado acima de seu quarto, e, às vezes, tais ilusões eram realistas de maneira agonizante.

Entretanto, ele sabia que havia realmente se tornado um sonâmbulo, pois duas vezes, durante a madrugada, seu quarto fora encontrado vazio, embora suas roupas estivessem todas no lugar. Isso lhe foi assegurado por Frank Elwood, colega de estudos cuja pobreza o forçara a alugar um quarto na casa esquálida e impopular. Elwood estivera estudando ao longo da noite e buscara ajuda em uma equação diferencial, quando viu que Gilman não estava no quarto. Fora muita pretensão de sua parte abrir a porta destrancada depois de bater e não obter resposta. No entanto, precisava terrivelmente de auxílio, e pensou que o colega não se incomodaria em ser acordado com um leve cutucão. Em nenhuma dessas ocasiões, porém, Gilman estava lá, e, quando informado do que acontecera, perguntou-se por onde poderia ter vagado, descalço, vestindo apenas roupas de dormir. Ele resolveu investigar a questão caso os relatos de seu sonambulismo continuassem, e pensou em polvilhar farinha no chão do corredor, de modo a ver para onde suas pegadas poderiam levá-lo. A porta era a única saída possível, pois não havia pontos de apoio para descer para fora através da estreita janela.

Ao longo do mês de abril, os ouvidos aguçados pela febre de Gilman foram perturbados pelas preces chorosas de um supersticioso reparador de teares chamado Joe Mazurewicz, que possuía um quarto no piso térreo. Mazurewicz havia contado histórias longas e desconexas sobre o fantasma da velha Keziah e a criatura peluda e farejante, de presas afiadas, e afirmara que, às vezes, era tão horrivelmente atormentado que apenas seu crucifixo de prata – dado a ele com esse propósito pelo padre Iwanicki, da Igreja de St. Stanislaus – podia lhe fornecer algum alívio. Agora, rezava porque o Sabá das Bruxas estava se aproximando. A noite da véspera de 1º de Maio era a noite de Walpurgis, quando os males mais obscuros do inferno perambulavam pela Terra e todos os escravos de Satã se reuniam para praticar atos e rituais inomináveis. Era sempre um período desagradável em Arkham, embora os bons habitantes da avenida Miskatonic e das ruas Principal e Saltonstall fingissem que nada estava acontecendo. Feitos horríveis seriam realizados, e uma ou duas crianças provavelmente desapareceriam. Joe sabia dessas coisas, pois sua avó, em sua terra natal, tinha ouvido os contos de sua própria avó. Era sábio fazer preces e rezar o terço nessa época. Por três meses, Keziah e Brown Jenkin não passaram perto do quarto de Joe, nem perto do quarto de Paul Choynski, nem em lugar algum – e não era um bom sinal quando eles se mantinham longe assim. Deviam estar tramando algo.

Gilman foi ao consultório médico no 16º dia daquele mês, e ficou surpreso ao descobrir que sua temperatura não estava tão alta quanto temia. O clínico fez diversas perguntas e orientou-o a se consultar com um especialista em nervos. Pensando bem, ele estava feliz de não ter se consultado com o médico da universidade, que era ainda mais investigativo. O velho Waldron, que havia restringido suas atividades anteriormente, teria feito Gilman parar e descansar – algo impossível, agora que estava tão perto de chegar a grandes resultados em suas equações. Estava seguramente próximo da fronteira entre o universo conhecido e a quarta dimensão, e quem poderia dizer até onde chegaria?

Entretanto, mesmo quando esses pensamentos vinham à sua mente, ele se perguntava qual seria a fonte da sua estranha confiança. Será que toda a perigosa sensação de iminência vinha das fórmulas com que cobria as folhas de papel, dia após dia? Os passos suaves, furtivos e imaginários no sótão trancado acima eram inquietantes. E, agora, havia também uma sensação crescente de que alguém o estava constantemente persuadindo a fazer algo terrível, que ele sabia que não deveria fazer. E quanto ao sonambulismo? Aonde ia, às vezes, durante a noite? E o que era aquela leve sugestão de sons que, vez ou outra, pareciam escoar em meio à confusão de ruídos identificáveis, mesmo durante o dia e quando ele estava completamente acordado? Tal ritmo não correspondia a nada na Terra, a não ser, talvez, ao ritmo de um ou dois cânticos impronunciáveis do Sabá. Às vezes, ele temia que esse ritmo correspondesse a certas caraterísticas dos gritos ou rugidos obscuros naqueles estranhos abismos de seus sonhos.

Enquanto isso, os pesadelos vinham se tornando brutais. Na fase preliminar, mais leve, a velha maligna exibia agora uma nitidez diabólica, e Gilman sabia que ela era a mulher que o assustara quando andava pelos subúrbios. Suas costas encurvadas, o nariz longo e o queixo enrugado eram inconfundíveis, e seus trajes amarronzados e disformes apareciam como ele se lembrava. A expressão em seu rosto era de uma malevolência e entusiasmo horrendos, e, quando ele acordava, podia se lembrar de uma voz gutural que o persuadia e o ameaçava. Deveria encontrar o Homem Negro e ir com todos eles até o trono de Azathoth, no centro do caos extremo. Era o que ela havia dito. Deveria assinar o livro de Azathoth com o próprio sangue e adotar um novo nome secreto, agora que suas investigações independentes tinham ido longe demais. O que o impedia de ir com ela, Brown Jenkin e o outro homem ao trono do Caos, onde as finas flautas sibilavam despropositadamente, era o fato de que ele havia visto o nome "Azathoth" no *Necronomicon* e sabia que se referia a um mal primitivo horrível demais para ser descrito.

A velha sempre aparecia do ar rarefeito, perto do canto no qual a inclinação para baixo se encontrava com a inclinação para dentro. Parecia cristalizar-se em um ponto mais próximo do teto que do chão, e toda noite estava um pouco mais perto e mais distinguível, antes que o sonho terminasse. Brown Jenkin também parecia estar um pouco mais próximo, afinal, e suas presas branco-amareladas brilhavam chocantemente naquela fosforescência violeta sobrenatural. Seu repugnante e estridente risinho afetava cada vez mais a cabeça de Gilman, e ele podia se lembrar, de manhã, que havia pronunciado as palavras "Azathoth" e "Nyarlathotep".

Nos sonhos mais profundos, tudo era, do mesmo modo, mais nítido, e Gilman sentia que os abismos crepusculares ao seu redor eram aqueles da quarta dimensão. Aquelas entidades orgânicas, cujos movimentos pareciam menos flagrantemente irrelevantes e aleatórios, eram, provavelmente, projeções de formas de vida do nosso próprio planeta, incluindo os seres humanos. O que seriam em sua própria esfera, ou em esferas dimensionais, ele não se atrevia a pensar. Dois dos objetos que se moviam mais despropositadamente – um amontoado muito grande de bolhas redondas, alongadas e brilhantes e um poliedro bem menor, de cores desconhecidas, cujos ângulos de sua superfície alteravam-se rapidamente – pareceram notar Gilman e segui-lo, ou flutuar à sua frente, à medida que ele mudava de posição entre os prismas titânicos, os labirintos, os conjuntos de cubos e planos e as quase construções; tudo isso enquanto os gritos e rugidos difusos aumentavam, cada vez mais altos, como se se aproximasse de algum clímax monstruoso, de intensidade absolutamente insuportável.

Durante a noite de 19 para 20 de abril, houve um novo avanço. Gilman estava quase involuntariamente se movendo pelos abismos crepusculares, com a massa de bolhas e o pequeno poliedro flutuando adiante, quando notou os peculiares ângulos regulares formados pelas bordas de alguns conjuntos de prismas gigantes reunidos. No segundo seguinte, estava fora do abismo e de pé, trêmulo, em um morro rochoso banhado por uma luz verde, intensa e difusa. Ele estava descalço, usava roupas de dormir e, quando tentou andar, descobriu que mal podia levantar os pés. Uma espiral de vapor escondeu tudo o que estava à vista, com exceção do terreno inclinado mais próximo, e ele se encolheu, ao pensar nos sons que poderiam surgir daquela névoa.

Então, viu duas formas que rastejavam penosamente até ele – a velha e a criaturinha peluda. A mulher se ergueu sobre os joelhos e cruzou os braços de um modo curioso, enquanto Brown Jenkin apontou para certa direção com uma de suas horríveis patas dianteiras antropoides, que ele levantou com evidente dificuldade. Estimulado por um impulso não originado por si próprio, Gilman se arrastou adiante, por um caminho determinado pelo ângulo formado pelos braços da velha e pela direção da pequena pata da monstruosidade, e, antes que desse três passos vacilantes, estava de volta aos abismos crepusculares. Formas geométricas moveram-se ao seu redor, e ele caiu, acelerada e continuamente. Enfim, acordou em sua cama, no quarto loucamente angulado da antiga casa sobrenatural.

Ele não prestava para nada naquela manhã, e faltou a todas as suas aulas. Certa atração desconhecida atraía seus olhos para uma direção aparentemente irrelevante, pois não conseguia evitar encarar um determinado ponto vazio no chão. Ao longo do dia, o foco de seus olhos distraídos mudou de posição, e, ao redor do meio-dia, Gilman vencera o impulso de olhar para o vazio. Em torno das 14 horas, saiu para almoçar e, enquanto caminhava pelas ruas estreitas da cidade, percebeu que virava sempre em direção ao sudeste. Foi com esforço que conseguiu se deter, parando na cafeteria na rua Church, e, depois da refeição, sentiu a desconhecida atração ainda mais forte.

Ele precisaria se consultar com um especialista em nervos, afinal – talvez houvesse uma conexão com o sonambulismo –, mas, enquanto isso, poderia, ao menos, tentar quebrar ele mesmo o mórbido feitiço. Sem dúvida, poderia dar um jeito de caminhar para longe de onde a atração o conduzia; então, bastante decidido, voltou-se contra ela e deslocou-se propositalmente para o norte, pela rua Garrison. No momento em que havia alcançado a ponte sobre o Miskatonic, suava frio, e agarrou o gradil de metal enquanto olhava rio acima, para a repulsiva ilha em que as linhas regulares das antigas pedras eretas meditavam, de modo assustador, sob a luz da tarde.

Então, levou um susto. Havia, na ilha desolada, uma figura viva claramente visível, e um segundo olhar revelou que, com certeza, tratava-se da estranha velha, cujo sinistro aspecto havia se manifestado de modo tão desastroso em seus sonhos. A grama alta perto dela também se mexia, como se algum outro ser rastejasse próximo ao chão. Quando a velha começou a se virar em sua direção, de repente ele fugiu da ponte, buscando abrigo nos labirínticos becos da cidade à margem do rio. Embora a ilha estivesse distante, ele sentiu que um mal monstruoso e invencível poderia sair do olhar sarcástico daquela figura arqueada, velha e vestida de marrom.

A atração em direção a sudeste se manteve, e foi só com uma tremenda força de vontade que Gilman pôde retornar à velha casa e subir as escadas bambas. Ficou sentado em silêncio, sem rumo, por muito tempo, com seus olhos deslocando-se gradualmente para o oeste. Por volta das 18 horas, seus ouvidos aguçados captaram as preces chorosas de Joe Mazurewicz, dois pisos abaixo; e, tomado pelo desespero, pegou o chapéu e andou pelas ruas banhadas pela luz dourada do pôr do sol, permitindo que a atração, agora direcionada para o sul, o carregasse para onde quer que fosse. Uma hora depois, a escuridão o encontrou nos campos abertos além do riacho de Hangman, com as reluzentes estrelas da primavera a brilhar. A necessidade de andar foi se transformando, aos poucos, em uma necessidade de pular misticamente pelo espaço, e, de repente, ele percebeu onde estava a fonte daquela atração.

Estava no céu. Um ponto definido entre as estrelas clamava por ele, chamando-o. Aparentemente, tratava-se de um ponto em algum lugar entre as constelações de Hydra e de Argo Navis, e ele sabia que fora impulsionado a essa direção desde que acordara, logo após o amanhecer. Pela manhã, o chamado viera sob seus pés, e, agora, vinha sensivelmente do sul, mas voltando-se um pouco para oeste. Qual era o significado desse novo fenômeno? Estaria ficando louco? Quanto tempo tudo isso duraria? Mais uma vez, com esforço, Gilman deu as costas e arrastou-se de volta para a sinistra casa antiga.

Mazurewicz esperava por ele à porta, parecendo, ao mesmo tempo, ansioso e temeroso de sussurrar mais uma superstição. Era sobre a luz da bruxa. Joe havia passado a noite anterior festejando – era o Dia do Patriota em Massachusetts – e chegara em casa depois da meia-noite. Do lado de fora, ao olhar para a construção, pensara, a princípio, que o quarto de Gilman estivesse escuro, mas então viu um brilho suave e violeta lá dentro. Ele queria alertar o colega sobre aquele brilho, pois todos em Arkham sabiam que era a luz da bruxa Keziah, que aparecia perto de Brown Jenkin e do fantasma da própria velha. Não havia mencionado nada sobre isso antes, mas, agora, precisava avisá-lo, porque isso significava que Keziah e seu servo de dentes longos estavam assombrando o jovem rapaz. Por vezes, ele, Paul Choynski e o proprietário Dombrowski pensaram ter visto aquela luz se infiltrando por fissuras do sótão fechado, acima do quarto do cavalheiro, mas tinham concordado em não falar a respeito. No entanto, seria melhor que o colega se mudasse para outro quarto e arrumasse um crucifixo com algum bom sacerdote, como o padre Iwanicki.

Enquanto o homem continuava a divagar, Gilman sentiu um aperto de pânico indescritível na garganta. Sabia que Joe devia estar meio bêbado quando voltara para casa na noite anterior; ainda assim, a menção da luz violeta na janela do sótão tinha um significado espantoso. Era um brilho cintilante, daquele tipo que se revelava junto à velha e à criaturinha peluda, naqueles sonhos mais leves e nítidos que introduziam os mergulhos nos abismos desconhecidos, e a ideia de que uma segunda pessoa desperta pudesse ver a luminosidade onírica estava absolutamente além do abrigo da sanidade. No entanto, de onde o colega tirara uma ideia tão estranha como essa? Teria ele próprio falado, bem como caminhado pela casa durante o sono? Não, Joe disse, ele não fizera nada isso – mas Gilman deveria verificar o fato. Talvez Frank Elwood pudesse lhe dizer algo sobre o assunto, embora odiasse ter de perguntar.

Febre – sonhos insanos – sonambulismo – ilusões sonoras – uma atração em direção a um ponto no céu – e, agora, a suspeita de que ele falava durante o sono como um maluco! Precisava parar de estudar, consultar-se com um especialista em nervos e retomar o controle de si mesmo. Quando subiu até o segundo andar da casa, parou na porta do quarto de Elwood, mas viu que o outro jovem não estava. Relutante, continuou rumo a seu quarto e sentou-se no escuro. Seu olhar ainda era atraído em direção ao sul, mas ele também se viu escutando, atentamente, algum som vindo do cômodo acima, quase imaginando uma luz maligna violeta vazando através de uma rachadura infinitesimal no teto baixo e inclinado.

Naquela noite, assim que Gilman dormiu, o brilho violeta irrompeu sobre ele com elevada intensidade, e a velha bruxa e a criaturinha peluda, aproximando-se mais que nunca, zombaram dele com guinchos inumanos e gestos demoníacos. O jovem ficou aliviado de mergulhar nos abismos crepusculares preenchidos por barulhos difusos, embora a perseguição daquele amontoado de bolhas brilhantes e daquele pequeno poliedro caleidoscópico fosse ameaçadora e irritante. Então, houve uma mudança, à medida que vastos planos convergentes de uma substância aparentemente escorregadia pairavam acima e abaixo dele – uma mudança que culminou em um lampejo de delírio e no esplendor de uma luz estranha, desconhecida, na qual o amarelo, o vermelho e o azul se misturavam de maneira louca e inexplicável.

Ele estava meio deitado em um terraço alto, enormemente cercado por uma balaustrada, acima de uma floresta imensa, cheia de estranhos e imensos picos, planos ponderados, cúpulas, minaretes, discos horizontais dispostos sobre pináculos e inúmeras formas de extravagância ainda maior – algumas de pedra, outras de metal – que reluziam lindamente no brilho mesclado, quase intenso do céu policromático. Ao olhar para cima, viu três extraordinários discos de fogo, cada um de uma tonalidade e a uma altura diferente sobre o horizonte encurvado, infinitamente distante, repleto de montanhas baixas. Atrás dele, níveis de terraços ainda mais altos se elevavam no ar, até onde podia enxergar. A cidade, abaixo, estendia-se até os limites da visão, e ele esperava que nenhum som brotasse dali.

O piso de onde ele, facilmente, se levantou era feito de uma pedra polida, cheia de estrias, além de suas habilidades de identificação, e os ladrilhos tinham sido cortados em formas de ângulos bizarros, que o impressionaram por ser menos assimétricas do que baseadas em alguma simetria sobrenatural cujas leis ele não podia compreender. A balaustrada chegava à altura do peito, era delicada e fantasticamente forjada, enquanto, ao longo do peitoril, estavam ordenadas, a pequenos intervalos, figuras de grotescos desenhos e requintado acabamento. As imagens, assim como toda a balaustrada, pareciam ter sido feitas de algum tipo de metal reluzente, cuja cor não podia ser definida em meio ao caos de brilhos mesclados, e sua natureza afrontava completamente as estimativas. Elas representavam alguns objetos com formato de barris estriados, com finos braços horizontais que, como raios, saíam de um anel central com botões ou bulbos verticais, projetando-se do topo e da base da estrutura. Cada um desses botões funcionava como o centro de um sistema de braços triangulares, pontiagudos, longos e achatados, dispostos ao redor dele como os braços de uma estrela-do-mar – praticamente horizontais, mas curvando-se ligeiramente para longe do barril central. A base do botão de baixo juntava-se ao longo parapeito, a partir de um ponto de contato tão delicado que várias das figuras tinham sido quebradas e estavam faltando. As imagens tinham pouco mais de 10 centímetros de altura, enquanto os braços espetados lhes conferiam um diâmetro máximo de 6 centímetros.

Quando Gilman se levantou, os ladrilhos pareciam quentes para seus pés descalços. Estava totalmente sozinho, e sua primeira ação foi andar até a balaustrada e olhar de modo confuso para baixo, para a cidade infinita e gigantesca quase 600 metros abaixo. Enquanto ouvia, pensou escutar uma confusão rítmica de suaves sopros musicais, que cobria uma ampla série de tons que brotava das ruas estreitas abaixo, e ele desejou que pudesse identificar os habitantes do local. A visão deixou-o tonto depois de um momento, e ele teria caído no chão se não tivesse se agarrado, instintivamente, na balaustrada lustrosa. Sua mão direita pousou sobre umas das figuras salientes, e o toque pareceu sustentá-lo minimamente. Entretanto, o peso era demais para a exótica delicadeza do trabalho em metal, e a imagem pontiaguda rompeu-se sob o aperto da mão de Gilman. Ainda meio atordoado, continuou a se apoiar, enquanto sua outra mão agarrava um espaço vazio do peitoril liso.

Agora, porém, seus ouvidos supersensíveis captaram algo às suas costas, e ele olhou para trás, através do terraço nivelado. Cinco figuras se aproximavam dele, suavemente, sem aparente simulação. Duas delas eram a velha sinistra e o animalzinho peludo com suas presas. As outras três, então, deixaram-no inconsciente. Tratava-se de entidades de cerca de 2 metros e meio de altura, que possuíam o formato preciso das figuras espetadas na balaustrada e tomavam impulso com o conjunto inferior de seus membros de estrela-do-mar, que se agitavam como as pernas de uma aranha.

Gilman despertou em sua cama, encharcado com o próprio suor frio e com uma sensação de ardência no rosto, nas mãos e nos pés. Saltando para o chão, ele se lavou e se vestiu com uma pressa agitada, como se fosse necessário sair da casa o mais rápido possível. Não sabia aonde queria ir, mas sentiu que, mais uma vez, precisaria matar suas aulas. A estranha atração em direção àquele ponto no céu, entre Hydra e Argo, tinha diminuído, mas outra força ainda maior tomara o seu lugar. Agora, ele sentia que precisava seguir para o norte – infinitamente para o norte. Temia cruzar a ponte da qual avistara a ilha desolada no Miskatonic, então atravessou a ponte da avenida Peabody. Ele tropeçava com frequência, pois seus olhos e ouvidos não conseguiam desviar de um ponto extremamente elevado no límpido céu azul.

Depois de cerca de uma hora, ele conseguiu se controlar, e viu que estava longe da cidade. Em torno dele, estendia-se o vazio desolador dos brejos, enquanto a estrada estreita à frente levava para Innsmouth – aquela cidade antiga, meio deserta, que os habitantes de Arkham eram tão curiosamente resistentes a visitar. Ainda que a atração rumo ao norte não tivesse enfraquecido,

Gilman resistiu a ela como tinha resistido à atração anterior, e, finalmente, compreendeu que poderia quase equilibrar uma em relação à outra. Arrastando-se de volta para a cidade, tomou um café em uma máquina de bebidas e deslocou-se até a biblioteca pública, folheando, sem propósito, algumas revistas mais leves. Encontrou alguns amigos, que notaram como ele estava estranhamente queimado pelo sol, mas não lhes contou sobre sua caminhada. Às 15 horas, almoçou em um restaurante, notando, enquanto isso, que a atração tinha ou atenuado ou se dividido. Depois disso, matou tempo em um cinema barato, assistindo ao mesmo filme vazio uma vez atrás da outra, sem prestar nenhuma atenção.

Por volta das 21 horas, perambulou em direção à casa e arrastou-se para dentro da velha construção. Joe Mazurewicz choramingava algumas preces incompreensíveis, e Gilman correu para seu quarto, sem parar para checar se Elwood estava ali. Quando ligou a fraca luz elétrica, veio o choque. De primeira, viu que havia algo na mesa que não pertencia ao cenário, e uma segunda olhada não deixou dúvidas. Caída de lado – pois não era possível equilibrar-se sozinha –, estava a exótica figura espetada que ele havia quebrado da fantástica balaustrada em seu sonho monstruoso. Com todos os seus detalhes. O corpo no formato de barril estriado, os braços finos que irradiavam do centro, os botões em cada extremidade, e os membros, como os de uma estrela-do-mar, achatados e levemente curvados para fora, que se estendiam a partir dos bulbos – tudo estava lá. Sob a luz, sua cor parecia ser um tipo de cinza brilhante com riscos verdes; e Gilman pôde perceber, com horror e espanto, que um dos botões terminava em uma ruptura dentada, que correspondia a seu antigo ponto de encaixe na balaustrada do sonho.

Apenas sua tendência a um estupor atordoado o impediu de gritar alto. Essa combinação entre sonho e realidade era insuportável.

Ainda confuso, agarrou a figurinha espetada e cambaleou escada abaixo, em direção aos alojamentos do proprietário Dombrowski. As preces chorosas do supersticioso reparador de teares ainda soavam pelos corredores cheios de mofo, mas Gilman não se importava com elas agora. O proprietário estava no quarto e cumprimentou-o com prazer. Não, ele não havia visto aquele objeto antes e não sabia nada a seu respeito. Mas sua esposa dissera que havia encontrado uma coisa engraçada, feita de latão, em uma das camas, quando arrumara os quartos, ao meio-dia, e talvez fosse aquilo. Dombrowski chamou-a, e ela moveu-se para dentro. Sim, era aquele o objeto que vira. Ela o havia encontrado na cama de Gilman – no canto próximo à parede. Tinha-o achado muito estranho, mas, é claro, o jovem tinha várias coisas estranhas em seu quarto – livros, raridades, figuras e papéis rabiscados. Ela, com certeza, não sabia nada sobre aquilo.

Então, Gilman subiu as escadas de volta, em meio à agitação mental, convencido de que ou ele ainda estava sonhando ou seu sonambulismo havia alcançado extremos incríveis e o levado a destruir lugares desconhecidos. Onde ele tinha arranjado aquela coisa bizarra? Não se lembrava de ter visto a figura em nenhum museu de Arkham. Devia ser de algum lugar, porém; e a visão de quando a arrancara, enquanto dormia, deve ter causado a estranha imagem onírica do terraço abalaustrado. No dia seguinte, faria uma investigação cautelosa – e, talvez, consultaria-se com o especialista em nervos.

Enquanto isso, tentaria monitorar seu sonambulismo. À medida que subia as escadas e cruzava o sótão, polvilhou um pouco de farinha no chão, que pegara emprestado – admitindo abertamente seu propósito – com o proprietário. No caminho, parou no aposento de Elwood, mas encontrou as luzes apagadas. Ao entrar em seu quarto, colocou a figura espetada na mesa e deitou-se, exausto tanto mental quanto fisicamente, sem nem mesmo trocar de roupa. Do sótão fechado acima do teto inclinado, ele pensou ouvir leves barulhos de arranhões e de passos vagarosos, mas estava desestruturado demais para se importar. A atração mística em direção ao norte estava ficando muito forte novamente, embora, agora, parecesse vir de um ponto mais baixo no céu.

Em meio à luz cintilante violeta do sonho, a velha e a criatura peluda com suas presas se aproximaram de novo, com uma grande nitidez, maior que em qualquer ocasião anterior. Dessa vez, eles realmente alcançaram Gilman, e ele sentiu as garras murchas da mulher agarrando-o. Ele foi puxado para fora da cama, em direção ao espaço vazio, e, por um momento, ouviu rugidos ritmados e viu a informidade crepuscular dos obscuros abismos fervilhando ao seu redor. Mas aquele momento foi muito breve, porque, logo em seguida, ele se encontrava em um pequeno cômodo rústico, sem janelas, com vigas grosseiras e tábuas que se elevavam, formando uma cumeeira acima da cabeça, e um curioso piso inclinado. Espalhadas no chão, havia caixas baixas, cheias de livros de todos os níveis de antiguidade e deterioração, e, no centro, havia uma mesa e um banco, ambos, aparentemente, fixados no local. Pequenos objetos, de formato e natureza desconhecidos, estavam dispostos acima das caixas, e, sob a luz violeta flamejante, Gilman pensou vislumbrar uma cópia da imagem espetada que tão horrivelmente o intrigara. À esquerda, havia uma queda abrupta no assoalho, que dava origem a uma abertura escura e triangular, da qual, após alguns segundos de ruído seco, a odiosa criaturinha peluda, com suas presas amareladas e face humana barbada, saiu, escalando.

A velha de risinhos maléficos ainda o agarrava, e, do outro lado da mesa, estava uma figura que ele nunca tinha visto antes – um homem alto e magro, de pele escuríssima, mas sem o menor sinal de traços físicos típicos dos negros: completamente desprovido tanto de cabelo como de barba e vestindo, como única peça de roupa, um manto disforme feito de um pesado tecido preto. Não era possível ver seus pés, visto que a mesa e o banco o encobriam, mas deviam estar calçados, pois ouvia-se um estalo sempre que ele mudava de posição. O homem não falava nem sustentava nenhum vestígio de expressão em seu rosto de traços pequenos e regulares. Apenas apontou para um livro, de tamanho extraordinário, aberto na mesa, enquanto a velha empurrou uma enorme pena acinzentada para a mão direita de Gilman. Uma mortalha de terror intensamente enlouquecedor pairava sobre tudo, e o clímax foi alcançado quando a criatura peluda subiu pelas roupas até os ombros do sonhador e, então, desceu pelo seu braço esquerdo, por fim dando uma mordida afiada em seu pulso, logo abaixo do punho da manga. Assim que o sangue começou a jorrar da ferida, Gilman desmaiou.

Acordou na manhã do dia 22, com uma dor no pulso esquerdo, e viu que sua manga estava marrom, em função do sangue seco. Suas lembranças eram muito confusas, mas a cena com o homem negro no cômodo desconhecido destacava-se vividamente. Os ratos deviam tê-lo mordido enquanto dormia, elevando o ápice daquele sonho terrível. Ao abrir a porta, viu que a farinha ao longo do corredor não fora tocada, com exceção das enormes pegadas do colega grosseiro que vivia no quarto ao lado. Então, dessa vez, não estava andando enquanto dormia. Mas seria necessário fazer algo a respeito dos ratos. Falaria com o proprietário sobre eles. Mais uma vez, tentou tapar o buraco na base da parede inclinada, forçando para dentro dele um castiçal que parecia ser do tamanho adequado. Havia um zumbido horrível em seus ouvidos, como se fossem ecos residuais de algum barulho horroroso escutado nos sonhos.

Enquanto tomava banho e trocava de roupa, Gilman tentou lembrar-se do que tinha sonhado após a cena no espaço iluminado pela luz violeta, mas nada muito definido se cristalizou em sua mente. O cenário devia corresponder ao sótão fechado acima, que começara a acometer sua mente de modo violento, mas as impressões posteriores eram fracas e nebulosas. Havia insinuações dos obscuros abismos crepusculares e de ainda outros abismos, maiores e mais escuros, além deles – abismos nos quais todas as sugestões fixas estavam ausentes. Ele tinha sido levado para lá pelo amontado de bolhas e pelo pequeno poliedro, que sempre o perseguiam; mas estes, como ele próprio, tinham se transformado em punhados de névoa nesse vazio mais distante, de escuridão máxima. Algo mais havia seguido adiante – uma nuvem maior, que, de vez em quando, se condensava em aproximações de formas inomináveis –, e, então, ele pensou que essa evolução não tinha seguido uma linha reta, mas, sim, em conformidade com as curvas e espirais estranhas de um redemoinho celestial, que obedecia a leis desconhecidas da física e da matemática de qualquer cosmos possível. Por fim, houve pistas das sombras enormes e galopantes, de uma pulsação quase acústica, monstruosa, e do leve sopro monótono de uma flauta invisível – mas era apenas isso. Gilman decidiu que havia captado essa última ideia do que lera no *Necronomicon* sobre Azathoth, entidade irracional que, de um trono negro no centro do Caos, regia todo o tempo e o espaço.

Após lavar o sangue em seu pulso, a ferida se revelou muito superficial, e Gilman ficou intrigado com a localização de dois pequenos furos. Ocorreu-lhe que não havia sangue nenhum na colcha da cama em que estava deitado – o que era muito curioso, dada a quantidade em sua pele e na manga da camisa. Teria andando pelo quarto enquanto dormia, e um rato o mordera enquanto estava sentado em uma cadeira ou parado em alguma posição menos habitual? Procurou, em todo canto, por gotas ou manchas amarronzadas, mas não encontrou nada. Deveria ter polvilhado farinha dentro do quarto, pensou, além de fora da porta – ainda que, apesar de tudo, nenhuma outra prova de que andava enquanto dormia fosse necessária. Sabia que tinha andado, e, agora, o necessário era parar com isso. Precisava pedir ajuda a Frank Elwood. Naquela manhã, as estranhas atrações vindas do espaço pareceram diminuir, embora fossem substituídas por uma sensação ainda mais inexplicável. Tratava-se de um vago e insistente impulso de fugir da presente situação, mas ele não tinha nenhuma ideia da direção específica para onde ir. Enquanto pegava a estranha figura espetada sobre a mesa, imaginou que a atração anterior, direcionada para o norte, havia se tornado um tanto mais forte; mas, ainda assim, era completamente anulada pelo novo e mais desconcertante impulso.

Levou a figura espetada para o quarto de Elwood, preparando-se para encarar as preces do reparador de teares, que brotavam do piso térreo. Elwood estava no quarto, graças a Deus, e aparentava estar agitado. Havia tempo para uma rápida conversa antes que saísse para o café da manhã e para a universidade, então Gilman despejou tudo, apressadamente, sobre seus sonhos e medos recentes. Seu anfitrião foi bastante solidário e concordou que algo precisava ser feito. Estava chocado com o aspecto abatido e esgotado de seu convidado, e notou as queimaduras solares estranhas, que pareciam anormais e sobre as quais outros tinham comentado na semana anterior.

Não havia muito, porém, que Elwood pudesse dizer. Não tinha visto Gilman em nenhum passeio durante o sono e não tinha ideia do que a curiosa figura poderia ser. Certa noite, entretanto, tinha ouvido o colega franco-canadense, que possuía um quarto embaixo do de Gilman, conversando com Mazurewicz. Estavam contando, um para o outro, sobre como temiam horrivelmente a chegada da noite de Walpurgis, dali a poucos dias, e trocaram comentários comovidos sobre o pobre amaldiçoado rapaz. Desrochers, o colega do cômodo de baixo, havia mencionado passos noturnos, calçados e descalços, e a luz violeta que vira uma noite, quando se esgueirara, cheio de medo, para espiar pela fechadura de Gilman. Contou a Mazurewicz que não tinha se atrevido a espiar depois de vislumbrar aquela luz que vazava pelas frestas ao redor da porta. Houve cochichos também – e, assim que começou a descrevê-los, sua voz se reduziu a um sussurro inaudível.

Elwood não podia imaginar o que tinha provocado as fofocas dos dois homens supersticiosos, mas supôs que sua imaginação havia sido aflorada, por um lado, porque Gilman ficava acordado até tarde e durante o sono, andava e falava, epor outro, por conta da proximidade da tradicionalmente temida noite da véspera de 1º de Maio. Que Gilman falava enquanto dormia era evidente, e era óbvio que o fato de Desrochers ter ficado ouvindo pela fechadura do quarto fizera com que a ideia ilusória sobre a luz violeta dos sonhos se espalhasse. Essas pessoas simples eram apressadas em imaginar ter visto qualquer coisa estranha sobre a qual tinham ouvido falar. Como plano de ação, Gilman precisava se mudar para o quarto de Elwood e evitar dormir sozinho. Elwood, se estivesse acordado, o despertaria sempre que ele começasse a falar ou se levantar enquanto dormia. Muito em breve, também, o jovem deveria se consultar com um especialista. Enquanto isso, eles levariam a figura espetada a vários museus e a mostrariam para certos professores, procurando por sua identificação e afirmando que a haviam encontrado em uma lata de lixo da cidade. Além disso, Dombrowski colocaria veneno para os ratos das paredes.

Apoiado pela companhia de Elwood, Gilman compareceu às aulas naquele dia. Impulsos estranhos ainda o atraíam, mas pôde contorná-los com sucesso considerável. Durante um período livre, mostrou a estranha figura a vários professores, e todos ficaram muito interessados, embora nenhum deles pudesse esclarecer sua natureza ou origem. À noite, dormiu em um sofá que Elwood pedira que o proprietário levasse para o quarto no segundo andar, e, pela primeira vez em semanas, Gilman estava completamente livre daqueles sonhos inquietantes. Mas ainda continuava febril, e as preces do reparador de teares eram uma influência angustiante.

Ao longo dos dias seguintes, Gilman desfrutou de uma imunidade quase completa daquelas manifestações mórbidas. Segundo Elwood, ele não tinha demonstrado tendência nenhuma em falar ou andar em seu sono; enquanto isso, o proprietário punha veneno de rato em todos os lugares. O único elemento incômodo eram as conversas entre os estrangeiros supersticiosos, cuja imaginação se tornava altamente entusiasmada. Mazurewicz estava sempre tentando convencer Gilman a arrumar um crucifixo, e, finalmente, deu-lhe um, que havia sido benzido pelo padre Iwanicki. Desrochers também tinha algo a dizer: na verdade, insistia em ter ouvidos passos cautelosos no quarto acima do dele, agora vazio, na primeira e na segunda noite depois que Gilman saíra de lá. Paul Choynski pensava ter ouvido sons nos corredores e nas escadas, à noite, e afirmou que haviam tentado abrir sua porta, bem suavemente; enquanto a sra. Dombrowski jurava ter visto Brown Jenkin pela primeira vez desde o Dia de Todos os Santos. Mas tais relatos ingênuos significavam muito pouco, e, sem muito Gilman deixou o crucifixo de metal barato, descuidadamente, em um puxador da cômoda de seu anfitrião.

Por três dias Gilman e Elwood investigaram os museus locais, em um esforço de identificar a estranha figura espetada – mas nunca com sucesso. Em todo local, porém, o interesse era intenso; porque a completa estranheza do objeto era um tremendo desafio para a curiosidade científica. Um dos pequenos braços radiais foi seccionado e submetido à análise química, cujo resultado ainda é tópico de discussões nos círculos universitários. O professor

Ellery encontrou platina, ferro e telúrio na estranha liga; mas, junto desses três elementos, havia ainda pelo menos três outros, de alto peso atômico, que a química era absolutamente incapaz de classificar. Esses elementos não apenas não correspondiam a nenhum outro conhecido como não se encaixavam nos espaços vazios de possíveis elementos na tabela periódica. O mistério permanece sem solução até hoje, embora a imagem esteja em exposição no museu da Universidade de Miskatonic.

Na manhã de 27 de abril, um novo buraco de rato surgiu no quarto em que Gilman estava agora hospedado, mas Dombrowski o tapou com metal durante o dia. O veneno não estava fazendo muito efeito, pois os arranhões e os barulhos nas paredes não haviam diminuído em quase nada. Naquela noite, Elwood ficou fora de casa até tarde, e Gilman esperou por ele acordado. Não queria dormir sozinho no quarto – especialmente porque acreditava ter vislumbrado, no entardecer, a velha repugnante cuja imagem fora tão horrivelmente transferida para seus sonhos. Imaginou quem seria ela e o que era aquilo junto dela, algo que chacoalhava uma lata em uma pilha de lixo na entrada de um pátio degradado. A velha parecia tê-lo notado, e olhou maliciosa e malignamente para Gilman – ainda que, talvez, fosse apenas fruto de sua imaginação.

No dia seguinte, ambos os rapazes sentiam-se muito cansados, e sabiam que dormiriam feito pedra quando a madrugada chegasse. À noite, discutiram, sonolentamente, os estudos matemáticos que tinham absorvido Gilman de modo tão absoluto e, talvez, prejudicial, e especularam sobre a ligação com magia antiga e folclore, que parecia tão sombriamente provável. Falaram da velha Keziah Mason, e Elwood concordou que Gilman possuía bons fundamentos científicos para supor que ela poderia ter topado com informações estranhas e importantes. As seitas ocultas às quais essas bruxas pertenciam sempre guardavam e herdavam segredos surpreendentes das antigas e esquecidas eras; e, certamente, não era impossível que Keziah tivesse realmente dominado a arte de viajar pelos portais dimensionais. A tradição destaca a inutilidade de barreiras materiais, rejeitando o conhecimento das bruxas, e quem poderia dizer o que se esconde sob as lendas antigas de voos em vassouras durante a noite?

Se um estudante dos dias de hoje pudesse obter poderes similares por meio da pesquisa matemática por si só, isso ainda estava para acontecer. O sucesso, Gilman complementou, poderia levar a situações perigosas e impensáveis, pois quem poderia prever as condições predominantes em uma dimensão vizinha, mas normalmente inacessível? Por outro lado, as curiosas possibilidades eram inúmeras. O tempo poderia não existir em certas faixas de espaço e, ao entrar e permanecer em uma dessas faixas, poderiam se preservar a vida e a idade, indefinidamente, sem que nunca se sofresse metabolismo orgânico nem deterioração, com exceção de pequenas quantidades incorridas durante visitas para o próprio planetas ou similares. Seria possível, por exemplo, viajar para uma dimensão atemporal e retornar para algum ponto remoto da história da Terra, tão jovem quanto antes.

Se alguém já havia conseguido fazer isso, era difícil pressupor com qualquer nível de autoridade. Lendas antigas são vagas e ambíguas, e, nos tempos históricos, todas as tentativas de cruzar espaços proibidos pareciam ser dificultadas por alianças estranhas e terríveis com seres e mensageiros de fora. Havia a figura imemorial do representante ou do mensageiro de poderes ocultos e terríveis – o "Homem Negro" da seita da bruxa e o "Nyarlathotep", do *Necronomicon*. Havia também a perturbadora questão dos mensageiros intermediários ou inferiores – os quase animais e estranhos híbridos, que as lendas retratam como servos das bruxas. Enquanto Gilman e Elwood se recolhiam, sonolentos demais para seguir discutindo, ouviram Joe Mazurewicz cambalear para dentro da casa, meio bêbado, e estremeceram com a loucura desesperada de suas chorosas preces.

Naquela noite, Gilman viu a luz violeta novamente. Em seu sonho, ouviu um arranhar e o barulho de algo roendo nas paredes divisórias, e pensou que alguém havia se atrapalhado com o trinco. Então, viu a velha e a pequena criatura peluda aproximando-se dele sobre o piso atapetado. O rosto da mulher estava iluminado, tomado por um entusiasmo inumano, e a criatura mórbida de dentinhos amarelados dava risinhos zombeteiros, ao mesmo tempo em que apontava para a forma de Elwood, que dormia profundamente no sofá do outro lado do quarto. Um medo paralisante sufocou qualquer tentativa de gritar. Assim com antes, a velha hedionda pegou Gilman pelos ombros, puxando-o para fora da cama, em direção ao espaço vazio. Novamente, a infinitude dos abismos gritantes piscou por ele, mas, no segundo seguinte, ele estava em um beco escuro, lamacento e desconhecido, preenchido pelos odores fétidos das paredes podres das casas antigas que se elevavam de todos os lados.

Adiante estava o homem negro vestido com um manto, aquele que vira no cômodo encimado pela cumeeira no outro sonho; ao passo que, a uma distância menor, a velha acenava e fazia caretas, imperiosamente. Brown Jenkin esfregando-se, de modo brincalhão e afetuoso, nos tornozelos do homem negro, os quais a lama profunda cobria em grande medida. Havia uma porta escura aberta, à direita, para a qual o homem negro apontou, silenciosamente. A velha risonha lançou-se em direção à porta, puxando Gilman atrás de si, segurando em suas mangas. Havia uma escadaria, com um cheiro maligno, que rangia sinistramente e sobre a qual a velha parecia irradiar uma suave luz violeta; do outro lado, por fim, uma porta levava a um patamar. A mulher atrapalhou-se com o trinco e abriu a porta, gesticulando a Gilman, sinalizando que esperasse, e desapareceu dentro da escura abertura.

Os ouvidos supersensíveis do jovem rapaz captaram um horrível choro sufocado, e, naquele momento, a velha retornou, carregando uma pequena forma desacordada, que confiou ao sonhador como que ordenando que ele a pegasse. A visão da forma e a expressão em seu rosto quebraram o feitiço. Ainda espantado demais para gritar, Gilman lançou-se, descuidadamente, pela escada asquerosa, em direção à lama do lado de fora, hesitando apenas quando o homem negro, que aguardava, agarrou-o e estrangulou-o. Enquanto a consciência o deixava, ouviu as risadinhas fracas e agudas daquela anomalia que lembrava um rato com presas.

Na manhã do dia 29, Gilman acordou em meio a um turbilhão de horror. No instante em que abriu os olhos, soube que havia algo terrivelmente errado, pois se encontrava no antigo quarto, com a parede e o teto inclinados, esparramado na cama, agora desfeita. Sua garganta doía inexplicavelmente, e, enquanto se esforçava para sentar, ele viu, com um pavor crescente, que seus pés e a base de seu pijama estavam marrons, manchados de lama endurecida. Naquele momento, suas recordações estavam desesperadamente confusas, mas ele soube, ao menos, que devia ter andado enquanto dormia. Elwood teria adormecido muito profundamente para ouvi-lo e detê-lo. No chão, havia confusas pegadas enlameadas, mas elas, estranhamente, não se estendiam pelo caminho até a porta. Quanto mais Gilman as olhava, mais curiosas lhe pareciam, porque, além destas, pôde identificar marcas menores, quase redondas – marcas como as dos pés de uma enorme cadeira ou de uma mesa, mas a maioria delas parecia estar dividida ao meio. Havia também alguns curiosos rastros enlameados de rato, que levavam para fora de um buraco novo e, depois, de volta até ele. Uma perplexidade absoluta e o medo de que estivesse ficando louco abalaram Gilman, que vacilava até a porta e observava não haver nenhuma pegada lamacenta do lado de fora. Quanto mais se lembrava de seu sonho terrível, maior pavor sentia, e seu desespero aumentou ao ouvir Joe Mazurewicz orando, lamentosamente, dois pisos abaixo.

Descendo ao quarto de Elwood, despertou seu anfitrião, que ainda dormia, e contou-lhe o estado em que tinha acordado, mas o colega não podia conceber ideia alguma do que poderia ter acontecido. Onde Gilman teria estado, como teria retornado ao quarto sem deixar pegadas no saguão e como as marcas de móveis, enlameadas, se misturaram com o seu rastro no quarto eram questões totalmente além de qualquer conjectura. Então, havia aquelas marcas escuras, arroxeadas, ao redor de sua garganta, como se tivesse tentado estrangular a si mesmo. Ele colocou as mãos sobre as marcas, mas percebeu que elas não correspondiam, nem aproximadamente. Enquanto conversavam, Desrochers apareceu para contar que tinha ouvido uma enorme barulheira no quarto de cima, durante a escura madrugada. Não, ninguém havia passado pelas escadas depois da meia-noite, embora, logo antes desse horário, ouvira leves ruídos que não o agradaram, de passos no quarto acima e passos cautelosos descendo os degraus. Acrescentou que era um período do ano muito desagradável para Arkham. O jovem rapaz deveria se certificar de usar o crucifixo que Joe Mazurewicz lhe dera. Mesmo durante o dia não era seguro, já que, depois do amanhecer, houvera sons estranhos pela casa – especialmente um gemido infantil, fraco e rapidamente sufocado.

Gilman assistiu às aulas naquela manhã de modo mecânico, mas era absolutamente incapaz de se concentrar nos estudos. Um estado de espírito de apreensão e expectativa hedionda o consumia, e ele parecia esperar a chegada de um golpe aniquilador. Ao meio-dia, almoçou no refeitório da universidade e, enquanto esperava pela sobremesa, pegou um jornal que estava na cadeira vizinha. Mas não comeu a sobremesa, pois um artigo na primeira página da publicação deixou-o fraco, de olhos arregalados, e ele conseguiu apenas pagar a conta e cambalear de volta ao quarto de Elwood.

Houvera um estranho sequestro na noite anterior, em Orne's Gangway, e o bebê de 2 anos de uma ordinária funcionária de lavanderia, chamada Anastasia Wolejko, havia desaparecido completamente. A mãe, ao que parecia, temia o acontecimento já havia algum tempo, mas as razões que atribuíra ao medo eram tão grotescas que ninguém as levara a sério. Ela tinha visto, contou, Brown Jenkin pelo local, vez ou outra, desde o início de março, e sabia, por suas caretas e risadinhas, que o pequeno Ladislas devia ter sido escolhido para o sacrifício do horrível Sabá, na noite de Walpurgis. Tinha pedido à vizinha, Mary Czanek, que dormisse no quarto e tentasse proteger seu filho, mas Mary não se atreveu. Ela não podia contar nada à polícia, pois ela nunca acreditava nessas coisas. Crianças eram tomadas daquele modo, todos os anos, desde que podia se lembrar. E seu amigo Pete Stowacki não ajudaria, pois queria aquela criança fora de seu caminho.

No entanto, o que deixou Gilman suando frio foi o relato de um par de foliões que andava pela entrada de uma viela, logo após a meia-noite. Eles admitiram estar bêbados, mas ambos juraram ter visto um trio, vestido de maneira estranha, entrando disfarçadamente na escura passagem. Havia, contaram, um enorme homem negro, vestido com um manto, uma pequena senhora coberta de trapos e um jovem branco em roupas de dormir. A velha arrastava o jovem, enquanto, ao redor dos pés do homem negro, um rato manso se esfregava, ziguezagueando na lama marrom.

Durante toda a tarde, Gilman ficou sentado, assombrado, e Elwood – que, durante o dia, tinha lido o jornal e elaborado terríveis hipóteses decorrentes daqueles fatos – encontrou-o assim quando chegou em casa. Dessa vez, nenhum dos dois podia duvidar de que algo terrivelmente sério se aproximava deles. Entre os fantasmas dos pesadelos e a realidade do mundo objetivo, uma relação monstruosa e impensável se cristalizava, e apenas a vigilância extrema poderia impedir acontecimentos ainda mais horríveis. Gilman precisaria visitar um especialista, mais cedo ou mais tarde, mas não agora, quando todos os jornais estavam cheios de notícias sobre o sequestro.

O que tinha acontecido era enlouquecedoramente obscuro, e, por um momento, tanto Gilman como Elwood sussurraram as mais loucas teorias. Teria Gilman, inconscientemente, atingido resultados maiores do que esperava em seus estudos do espaço e suas dimensões? Teria ele, realmente, escapado da nossa esfera, transportando-se para pontos misteriosos e inimagináveis? Onde – se de fato em algum lugar – ele teria estado naquelas noites de estranheza demoníaca? Os barulhentos abismos crepusculares – a colina esverdeada – o terraço escaldante – a atração das estrelas – o redemoinho preto supremo – o homem negro – o beco lamacento e a escada – a bruxa velha e aquela coisa horrorosa, peluda, com presas – os aglomerados de bolhas e o pequeno poliedro – a estranha queimadura solar – a ferida no pulso – a figura inexplicável – os pés enlameados – as marcas no pescoço – os contos e os temore s dos estrangeiros supersticiosos – o que significava tudo aquilo? Até onde as leis da sanidade poderiam ser aplicadas a um caso como esse?

Naquela noite, nenhum dos dois dormiu, mas, no dia seguinte, ambos mataram as aulas e cochilaram. Era 30 de abril, e, com o entardecer, viria o período infernal do Sabá, aquele que os velhos colegas estrangeiros e os supersticiosos tanto temiam. Mazurewicz voltou para casa às 18 horas e contou que, na fábrica, as pessoas estavam sussurrando que as festas da noite de Walpurgis ocorreriam no escuro barranco além da colina Meadow, onde ficava a velha pedra branca, um lugar estranhamente desprovido de qualquer tipo de vegetação. Alguns deles tinham até conversado com a polícia e a aconselhado a procurar ali pelo filho desaparecido de Wolejko, mas não acreditavam que algo seria feito. Joe insistiu que o pobre jovem cavalheiro usasse o crucifixo de corrente de níquel, e Gilman vestiu-o e guardou-o sob a camisa, para agradá-lo.

Tarde da noite, os dois rapazes sentaram-se, sonolentos, em suas cadeiras, embalados pelas preces do reparador de teares, no piso abaixo. Gilman escutava enquanto balançava a cabeça; sua audição estava sobrenaturalmente aguçada, parecendo se esforçar em distinguir alguns murmúrios sutis e terríveis além dos ruídos na casa antiga. Memórias doentias de passagens do *Necronomicon* e do *Livro Negro* vieram à tona, e ele se viu balançando na cadência de ritmos horríveis demais para ser descritos, que, dizia-se, faziam parte das cerimônias mais obscuras do Sabá e tinham uma origem fora do tempo e do espaço como os compreendemos.

Naquele momento, Gilman compreendeu o que estava tentando ouvir – o canto infernal dos celebrantes, no distante vale obscuro. Como sabia tanto sobre o que eles esperavam? Como sabia a hora em que Nahab e seu servo deveriam carregar a tigela transbordante que acompanharia o galo preto e a cabra preta? Viu que Elwood tinha adormecido, e tentou gritar e acordá-lo. Algo, porém, obstruiu sua garganta. Não era mais seu próprio mestre. Teria, afinal, assinado o livro do Homem Negro?

Então, seus ouvidos febris e anormais captaram as notas distantes trazidas pelo vento. Elas chegaram atravessando quilômetros de colinas, campos e becos, e ele as reconheceu, apesar de tudo. As fogueiras deviam ter sido acesas, e os dançarinos estavam começando a celebração. Como poderia impedir a si mesmo de ir até lá? O que era isso que o havia envolvido? Matemática – folclore – a casa – a velha Keziah – Brown Jenkin... E, agora, ele via que a parede tinha um novo buraco de rato, ao lado do sofá. Sobre os cânticos, distantes, e as preces de Joe Mazurewicz, mais próximas, surgiu um novo som – um sorrateiro e determinado arranhar nas paredes divisórias. Ele esperava que a energia elétrica não acabasse. Então, viu aquela carinha barbada e suas presas no buraco de rato – aquela carinha maldita, que agora ele percebia carregar uma semelhança chocante e satírica com a velha Keziah – e escutou, de leve, alguém se atrapalhando com a fechadura da porta.

Os abismos crepusculares e berrantes piscaram à sua frente, e ele se sentiu impotente no domínio sem forma dos aglomerados de bolhas brilhantes. Adiante, vagava o pequeno poliedro caleidoscópico, e, por todo o vazio agitado, havia um aumento e uma aceleração do difuso padrão tonal, como se fosse o prenúncio de algum clímax indizível e insuportável. Ele parecia saber o que estava por vir – a monstruosa explosão do ritmo de Walpurgis, em cujo timbre cósmico estariam concentradas todas as ebulições, máximas e primais, do espaço-tempo que jazem por trás das maciças esferas de matéria e, às vezes, surgem em ecos quantificados que penetram levemente em cada camada de entidade e conferem hedionda significância através dos mundos de certos períodos temíveis.

Mas tudo isso desapareceu em um segundo. Novamente, Gilman se encontrava naquele espaço apertado, encimado pela cumeeira, iluminado pela luz violeta, com o piso inclinado, as caixas baixas de livros antigos, o banco e a mesa, os objetos estranhos e o buraco triangular em um dos cantos. Sobre a mesa estava a pequena figura branca – um menino pequeno, despido e inconsciente –, enquanto, do outro lado, estava a velha monstruosa, com um olhar malicioso, uma faca brilhante de punho grotesco em sua mão direita e, na esquerda, uma tigela de metal claro, de proporções estranhas, curiosamente coberta por desenhos e com delicadas alças. Ela entoava algum ritual, resmungando em uma língua que Gilman não podia compreender, mas que parecia algo discretamente citado no *Necronomicon*.

À medida que o cenário se iluminava, ele viu a velha inclinar-se para a frente e empurrar a tigela vazia pela mesa – e, incapaz de controlar suas próprias emoções, adiantou-se e segurou-a com as duas mãos, percebendo, enquanto se movimentava, sua relativa leveza. No mesmo momento, a figura asquerosa de Brown Jenkin escalou até a beira do buraco triangular, à sua esquerda. A velha, agora, direcionava-o a segurar a tigela em uma determinada posição, enquanto ela levantava a enorme e grotesca faca sobre a vítima branca e pequena, o mais alto que sua mão podia alcançar. A criatura peluda com presas começou a dar risinhos, continuando o ritual desconhecido, ao passo que a bruxa resmungava respostas repugnantes. Gilman sentiu uma repulsa corrosiva e aguda disparar por meio de sua paralisia mental e emocional, e a leve tigela de metal balançou em suas mãos. Um segundo depois, o movimento descendente da faca quebrou completamente o feitiço, e ele derrubou a tigela, com um estrondo digno de um sino ressonante, enquanto suas mãos lançavam-se desesperadamente para impedir aquele feito monstruoso.

Em um instante, avançou no piso inclinado ao redor da extremidade da mesa e arrancou a faca das garras da velha, jogando-a e fazendo-a retinir sobre a beira do estreito buraco triangular. No segundo seguinte, porém, a situação se inverteu, pois aquelas garras assassinas fecharam-se firmemente ao redor do pescoço dele, enquanto o rosto enrugado da bruxa era alterado por uma fúria intensa. Ele sentiu a corrente do crucifixo barato apertando seu pescoço, e, em meio ao perigo, perguntou-se como a visão do objeto em si afetaria aquela criatura maligna. Sua força era absolutamente sobre-humana, mas, enquanto a velha continuava a estrangulá-

-lo, ele alcançou debilmente o crucifixo sob sua camisa e puxou para fora o símbolo de metal, quebrando a corrente e soltando-o.

Diante do instrumento, a bruxa pareceu ser atingida pelo pânico, e suas garras relaxaram o suficiente para dar a Gilman a chance de libertar-se completamente. Ele arrancou as garras de aço de seu pescoço, e teria arrastado a velha até o buraco triangular se as mãos dela não tivessem recebido um novo acesso de força, fechando-se novamente. Dessa vez, ele resolveu responder do mesmo modo, e suas próprias mãos se estenderam em direção à garganta da criatura. Antes que esta pudesse ver o que Gilman estava fazendo, ele entrelaçou a corrente do crucifixo ao redor do pescoço dela e, um momento depois, apertaou o suficiente para impedir sua respiração. Durante a última tentativa da bruxa, ele sentiu algo morder seu tornozelo, e viu que Brown Jenkin viera socorrê-la. Com um chute brutal, mandou a criatura mórbida para além da beirada do buraco, e ouviu suas lamúrias em algum nível bem inferior.

Se tinha matado a velha Gilman não sabia, mas deixou-a no chão, onde ela havia caído. Então, enquanto se virava, avistou sobre a mesa algo que quase destruiu seu último fio de razão. Brown Jenkin, resistente como um tendão, e com suas quatro mãozinhas cheias de destreza demoníaca, estivera ocupado enquanto a bruxa estrangulava Gilman, e seus esforços tinham sido em vão. O que impedira que a faca fizesse no peito da vítima as presas amareladas daquela blasfêmia peluda fizeram em seu pulso – e a tigela, havia pouco tempo no chão, estava cheia, ao lado do pequeno corpo sem vida.

Em seu sonho delirante, Gilman ouviu o cântico infernal, estranhamente ritmado, do Sabá, vindo de uma distância infinita, e sabia que o homem negro devia estar ali. Memórias confusas misturavam-se com sua matemática, e ele acreditava que seu inconsciente, pela primeira vez, detinha os ângulos que precisava para guiá-lo de volta ao mundo normal, sozinho e sem ajuda. Tinha certeza de que estava no imemorial sótão fechado, acima de seu próprio quarto, mas duvidava muito de que pudesse, de alguma forma, escapar pelo chão inclinado ou pela saída havia muito tempo selada. Além disso, fugir de um quarto dos sonhos não o levaria, simplesmente, para uma casa dos sonhos – uma projeção anormal do lugar que realmente procurava? O jovem estava completamente desorientado com a relação entre sonho e realidade em todas as suas experiências.

A passagem pelos abismos obscuros seria terrível, pois o ritmo de Walpurgis estaria vibrando e, por fim, Gilman teria de ouvir aquela pulsação cósmica, até então velada e que ele tão mortalmente temia. Até mesmo agora, podia detectar uma agitação monstruosa, baixa, cujo compasso ele pressentia com demasiada facilidade. Na época do Sabá, tal cadência sempre crescia e alcançava os mundos, para convocar os iniciados a rituais inomináveis. Metade dos cânticos do Sabá tinham como padrão essa pulsação que se ouvia vagamente e a qual nenhum ouvido terrestre poderia suportar em sua plenitude espacial desvelada. Gilman perguntou-se, também, se poderia confiar em seus instintos para levá-lo de volta ao ponto correto no espaço. Como poderia ter certeza de que não aterrissaria naquela colina iluminada de verde, em um planeta distante, no terraço coberto por mosaicos sobre a cidade de monstros tentaculados, em algum lugar além da galáxia, ou nos redemoinhos escuros espiralados, no vazio supremo do Caos, onde reina o irracional demônio-sultão Azathoth?

Imediatamente antes que mergulhasse, a luz violeta se apagou, deixando-o na completa escuridão. A bruxa – a velha Keziah – Nahab – aquilo devia ter significado a sua morte. E, mesclado ao cântico distante do Sabá e às lamúrias de Brown Jenkin no buraco abaixo, ele pensou ter ouvido outro lamento, mais selvagem, vindo de profundidades desconhecidas. Joe Mazurewicz – as preces contra o Caos Rastejante, agora, transformavam-se em um inexplicável grito triunfante – palavras de uma realidade sarcástica colidindo nos redemoinhos de um sonho febril – *Ia! Shub– Niggurath!* A Cabra com Mil Filhotes...

Gilman foi encontrado no chão do velho quarto estranhamente angulado, bem antes do amanhecer, em razão de seu choro terrível, que tinha imediatamente acordado Desrochers, Choynski, Dombrowski e Mazurewicz e até despertara Elwood, que se encontrava em um sono profundo em sua cadeira. Estava vivo, com os olhos abertos e arregalados, mas parecia basicamente inconsciente. Ao redor de sua garganta, havia as marcas de mãos assassinas, e, em seu tornozelo esquerdo, uma perturbadora mordida de rato. Suas roupas estavam bastante amarrotadas, e o crucifixo de Joe não estava mais lá. Elwood estremeceu, com medo até de teorizar sobre que nova forma havia tomado as andanças sonâmbulas de seu amigo. Mazurewicz parecia um tanto confuso, por causa de um "sinal" que disse ter recebido como resposta a suas preces, e fez o sinal da cruz freneticamente quando o rangido e as lamúrias de um rato soaram, além do cômodo inclinado.

Quando o sonhador estava acomodado no sofá, no quarto de Elwood, mandaram chamar o dr. Malkowski – um médico local, que não repetiria história alguma que pudesse revelar-se embaraçosa –, e ele aplicou em Gilman duas injeções hipodérmicas, que o fizeram relaxar em algo como uma sonolência natural. Ao longo do dia, o paciente recobrou a consciência em alguns momentos e, sem nenuma lógica, sussurrou seu sonho mais recente para Elwood. Foi um processo doloroso, que, logo no início, revelou um fato novo e desconcertante.

Gilman – cujos ouvidos eram, recentemente, dotados de uma

sensibilidade anormal –, agora, estava surdo como uma porta. O dr. Malkowski, convocado, outra vez, às pressas – disse a Elwood que ambos os tímpanos tinham sido rompidos, como se tivessem sido atingidos pelo impacto de um som estupendo e intenso, além de qualquer concepção ou resistência humana. Como um som como esse poderia ter sido ouvido nas últimas horas, sem despertar todo o vale de Miskatonic, ia além do que o honesto médico era capaz dizer.

Elwood escreveu sua parte do diálogo, para que uma comunicação razoavelmente fácil fosse mantida. Nenhum dos dois sabia o que fazer sobre toda a caótica questão, e decidiram que seria melhor se pensassem o mínimo sobre tudo o que ocorrera. Ambos, porém, concordaram que deveriam deixar a casa antiga e amaldiçoada o mais rápido possível. Os jornais vespertinos falavam de uma batida policial em alguns foliões curiosos, em uma ravina além da colina Meadow, logo antes do amanhecer, e mencionavam que a pedra branca que lá havia era um objeto de antiga importância supersticiosa. Ninguém tinha sido preso, mas, entre os fugitivos dispersos, fora visto um enorme homem negro. Em outra coluna, afirmavam que não havia sido encontrado nenhum rastro de Ladislas Wolejko, o menino desaparecido.

O horror atingiu seu ápice naquela mesma noite. Elwood nunca se esquecerá disso, e foi forçado a ficar fora da universidade pelo restante do semestre, por conta do colapso nervoso resultante. Ele pensava ter ouvido ratos nas paredes divisórias por toda a noite, mas não deu muita atenção. Então, muito tempo depois que ele e Gilman tinham se retirado, os gritos atrozes começaram. Elwood deu um pulo, acendeu as luzes e se apressou até o sofá, ocupado por seu visitante. O amigo emitia sons de natureza verdadeiramente inumana, como se atormentado por algum suplício impossível de ser descrito. Contorcia-se debaixo da roupa de cama, e uma grande mancha começava a aparecer no cobertor. Elwood mal ousou tocá-lo, mas, pouco a pouco, os gritos e as contorções diminuíram. Nesse momento, Dombrowski, Choynski, Desrochers, Mazurewicz e o inquilino do piso superior estavam todos reunidos à porta do quarto, e o proprietário mandou que sua esposa telefonasse para o dr. Malkowski. Todos gritaram quando uma figura do tamanho de um rato, de repente, saltou para fora das roupas de cama ensanguentadas e correu pelo chão até um novo buraco, próximo dali. Quando o médico chegou e começou a puxar aquelas cobertas terríveis, Walter Gilman estava morto.

Seria incivilizado fazer algo além de imaginar o que matara Gilman. Havia praticamente um túnel por seu corpo – algo havia devorado seu coração. Dombrowski, exaltado com o fracasso de suas tentativas em envenenar os ratos, deixou de lado qualquer pensamento sobre sua locação e, em de uma semana, mudou-se, com todos os velhos inquilinos, para uma casa suja, porém mais nova, na rua Walnut. Por um tempo, o mais difícil foi manter Joe Mazurewicz quieto, pois o pensativo reparador de teares nunca estava sóbrio, lamentava-se constantemente e resmungava sobre coisas terríveis e espectrais.

Ao que parece, naquela última noite terrível, Joe tinha se abaixado e espiado os rastros vermelhos do rato, que iam do sofá de Gilman até o buraco ao lado. Eram bastante indefinidos, com exceção de um pedaço de piso aberto, entre a borda do tapete e o rodapé. Ali, Mazurewicz encontrou algo monstruoso – ou pensou ter encontrado, pois ninguém concordava com ele, apesar da incontestável estranheza das marcas. Os rastros no piso eram completamente diferentes das pegadas comuns de ratos, mas nem Choynski nem Desrochers admitiam que se tratava de marcas de quatro mãozinhas humanas.

A casa nunca mais foi alugada. Assim que Dombrowski a deixou, o manto da desolação final começou a cair, pois as pessoas a evitavam, tanto em razão de sua velha reputação como por causa do novo cheiro fétido. Talvez o veneno de rato do antigo proprietário tivesse, finalmente, funcionado, pois, não muito tempo depois de sua partida, o local se tornou um incômodo para a vizinhança. Oficiais de saúde rastrearam o cheiro até os espaços fechados acima e ao lado do quarto, mais ao leste no piso superior, e concordaram que o número de ratos mortos devia ser enorme. Também disseram, porém, que não valia a pena gastar tempo abrindo os espaços havia muito fechados e desinfetando-os, pois o fedor logo iria embora, e o local não motivava procedimentos meticulosos. Na verdade, sempre houvera vagos relatos locais sobre um mau cheiro inexplicável nos andares de cima da Casa da Bruxa, logo após as noites da véspera de 1º de Maio e do Dia de Todos os Santos. Os vizinhos se conformaram com a inércia – mas, apesar disso, o fedor constituiu um ponto adicional contra o lugar. No fim, a casa foi reprovada como habitação pelo inspetor de edificações.

Os sonhos de Gilman e as circunstâncias correspondentes nunca foram explicados. Elwood, cujos pensamentos sobre todo o episódio são, às vezes, quase enlouquecedores, voltou para a universidade no outono seguinte e formou-se em junho. Achou que a fofoca espectral da cidade havia diminuído bastante e era fato que – apesar de alguns relatos sobre as risadinhas fantasmagóricas na casa abandonada, que haviam resistido quase tanto quanto o próprio edifício – nenhuma nova aparição da velha Keziah ou de Brown Jenkin tinha sido relatada, em sussurros, desde a morte de Gilman. Elwood fora muito afortunado de não estar em Arkham naquele mesmo ano, mais tarde, quando, repentinamente, certos eventos renovaram os sussurros locais sobre os antigos horrores. É claro que, depois, ouviu falar sobre o assunto, e enfrentou tormentos de especulações obscuras e desnorteadas; mas nem isso era tão ruim quanto seriam a real proximidade e as diversas visões possíveis.

Em março de 1931, um vendaval destruiu o telhado e a grande chaminé da vazia Casa da Bruxa, de modo que um caos de tijolos despedaçados, telhas escurecidas cheias de mofo e tábuas e vigas apodrecidas se espatifaram dentro do sótão, quebrando o piso abaixo. Todo o andar superior ficara lotado de destroços do cômodo acima, mas ninguém se deu ao trabalho de mexer na bagunça antes da destruição da estrutura arruinada. Aquela última etapa se deu em dezembro seguinte, e foi então, quando o velho quarto de Gilman havia sido desobstruído pelos trabalhadores relutantes e apreensivos, que os boatos começaram.

Entre os entulhos que caíram do antigo teto inclinado, havia vários objetos que faziam com que os homens parassem e chamassem a polícia. Depois, os policiais, por sua vez, convocaram um médico legista e vários professores da universidade. Havia ossos – gravemente triturados e espalhados, mas, sem dúvida, reconhecíveis como humanos – cuja evidente idade recente conflitava, de modo enigmático, com o período remoto em que o único local que poderia tê-los escondido, o baixo sótão superior de piso inclinado, fora supostamente vedado e bloqueado de qualquer acesso humano. O legista concluiu que alguns dos ossos pertenciam a uma criança pequena, enquanto outros – encontrados em meio a farrapos de um tecido marrom apodrecido – pertenciam a uma mulher de baixa estatura, curvada e de idade avançada. A separação cautelosa dos entulhos também revelou muitos ossos pequeninos de ratos na destruição, como também esqueletos de ratos mais velhos, roídos por pequenas presas de um modo que, vez ou outra, se produziam numerosas controvérsias e reflexões.

Entre os outros objetos encontrados, estavam fragmentos esmigalhados de muitos livros e jornais, junto de uma poeira amarelada, deixada pela desintegração total de exemplares ainda mais velhos. Todos, sem exceção, pareciam ter a ver com bruxaria, em seu nível mais avançado e nas formas mais horríveis; e a data, evidentemente contemporânea, de certos itens ainda é um mistério sem solução, tal como o dos ossos humanos de idade recente. Um enigma ainda maior é a absoluta homogeneidade da escrita arcaica, difícil de decifrar, encontrada em uma grande variedade de papéis, cujas condições e marcas d'água sugeriam épocas separadas por, pelo menos, 152 anos. Para alguns, porém, o maior mistério de todos era a variedade de alguns objetos completamente inexplicáveis – objetos cujo formato, material, tipo de acabamento e propósito escapavam a qualquer especulação –, encontrados espalhados no meio dos destroços em estados de conservação evidentemente diferentes. Um desses objetos – que empolgou profundamente vários professores de Miskatonic – era uma monstruosidade terrivelmente deteriorada, que lembrava, de modo evidente, a estranha figura que Gilman doara ao museu da universidade, salvo o fato de que era maior, forjada em alguma peculiar pedra azulada em vez de metal e que possuía um pedestal singularmente angulado, esculpido com hieróglifos indecifráveis.

Arqueólogos e antropólogos ainda tentam explicar os desenhos bizarros gravados em uma tigela esmagada de metal leve, em cujo interior se apresentavam sinistras manchas amarronzadas. Estrangeiros e avós crédulas tagarelam, igualmente, sobre o moderno crucifixo de níquel, com a corrente quebrada, encontrado em meio aos entulhos e identificado, com tremor, por Joe Mazurewicz, como aquele que dera ao pobre Gilman muitos anos atrás. Alguns acreditam que o crucifixo tenha sido levado por ratos até o sótão fechado; outros supõem que devia estar em algum canto, no assoalho do velho quarto de Gilman à época. Outros, ainda, incluindo o próprio Joe, têm teorias selvagens e fantásticas demais para que os sensatos nelas acreditem.

Quando a parede inclinada do quarto de Gilman foi derrubada, no espaço triangular entre a divisória e a parede norte da casa, até então fechado, foram encontrados destroços muito menos estruturais, em proporção e em tamanho, do que no quarto em si, embora houvesse uma camada horripilante de materiais velhos, que paralisaram os demolidores com horror. Em resumo, o chão era um autêntico depósito de ossos de crianças pequenas – alguns razoavelmente recentes, mas outros que datavam, em infinitas gradações, a um período tão remoto que a desintegração era quase completa. Nessa profunda camada de ossos, descobriu-se uma faca de bom tamanho – obviamente uma antiguidade grotesca, ornamentada e exótica –, sobre a qual os destroços estavam empilhados.

No meio dos entulhos, enfiado entre uma tábua caída e um aglomerado de tijolos cimentados da chaminé arruinada, havia um objeto destinado a causar maior espanto, pavor velado e falatórios abertamente supersticiosos em Arkham do que qualquer coisa que fora descoberta na construção assombrada e amaldiçoada.

Tratava-se do esqueleto, em parte destruído, de um grande rato doente, cujas anormalidades na forma ainda são tópico de debate e fonte de singulares hesitações entre os membros do Departamento de Anatomia Comparada de Miskatonic. Poucas informações foram divulgadas, mas os trabalhadores que o encontraram cochichavam, em tom de choque, sobre os longos cabelos castanhos que ainda estavam associados a ele.

Os ossos das pequenas patas, corre o boato, sugerem características preênseis mais próximas de um macaco diminuto que de um rato, enquanto o pequeno crânio, com suas selvagens presas amareladas, é da maior anomalia, aparentando, de certos ângulos, uma miniatura, uma monstruosamente degradada paródia de um crânio humano. Os demolidores fizeram o sinal da cruz, apavorados, quando depararam com essa blasfêmia, mas depois acenderam velas, em gratidão, na Igreja de St. Stanislaus, pois sabiam que nunca mais ouviriam aquelas agudas e fantasmagóricas risadinhas.

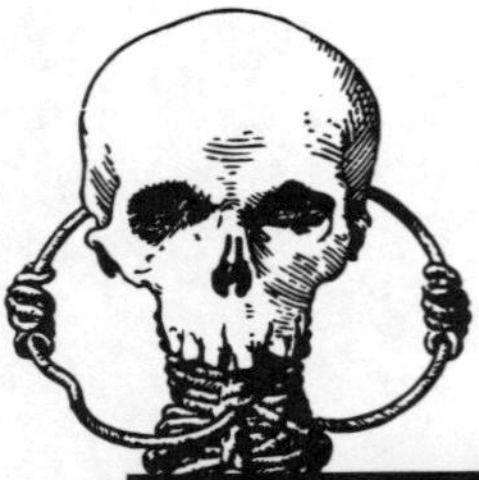

Ratos nas Paredes

Em 16 de julho de 1923, mudei-me para o priorado de Exham depois que o último trabalhador havia finalizado seu serviço. A restauração tinha sido uma tarefa estupenda, pois pouco restara do casarão abandonado a não ser as ruínas de sua estrutura; no entanto, por ter sido o lar dos meus ancestrais, não deixei que os custos da reforma me desencorajassem. O lugar não era habitado desde o reinado de Jaime I, quando uma tragédia, de natureza intensamente hedionda, embora em grande parte inexplicada, havia eliminado o senhor da casa, cinco de seus filhos e vários criados – e sob uma nuvem de suspeita e terror, expulsara o terceiro filho, meu ancestral linear e o único sobrevivente da abominável linhagem. Com esse único herdeiro acusado de assassinato, a propriedade foi revertida para a coroa, e o acusado não fez nenhuma tentativa de se livrar da culpa nem de reaver o casarão. Abalado por algum horror maior que o da consciência ou o da lei, e expressando somente um desejo frenético de apagar o antigo edifício de sua vista e memória, Walter de la Poer, 11º barão de Exham, fugiu para a Virgínia e ali fundou a família que, ao longo do século seguinte, ficaria conhecida como Delapore.

O priorado de Exham permaneceu desocupado, embora, mais tarde, tenha sido anexado às propriedades da família Norrys e se transformado em objeto de estudo, devido à sua arquitetura, peculiarmente composta; uma arquitetura formada por torres góticas, sustentadas sobre uma fundação saxônica ou românica, cujos alicerces, por sua vez, era de uma ordem ou mistura de ordens ainda mais antiga: romana, ou até mesmo druida ou galesa, se as lendas contassem a verdade. Esses alicerces eram muito singulares, pois estavam fundidos próximos às sólidas rochas calcárias do penhasco, de cuja beirada era possível contemplar um vale desolado, a 5 quilômetros a oeste da aldeia de Anchester.

Arquitetos e estudiosos de antiguidades adoravam examinar essa estranha relíquia de séculos esquecidos, mas o povo do campo a odiava. Eles já a odiavam centenas de anos antes, quando os meus ancestrais ainda viviam lá, e continuavam a odiá-la agora, coberta pelo musgo e pelo mofo do abandono. Eu não havia passado um dia sequer em Anchester antes de saber que era descendente de uma casa amaldiçoada. E, naquela semana, os trabalhadores haviam explodido o priorado de Exham e estavam ocupados eliminando os vestígios de sua fundação. Eu sempre soube das informações básicas a respeito de minha linhagem, e também sabia que o meu primeiro antepassado norte-americano havia chegado às colônias sob uma nuvem estranha. Em relação aos detalhes, porém, fui mantido na completa ignorância, pela política de silêncio que os Delapores sempre adotaram. Ao contrário de nossos vizinhos camponeses, raramente nos vangloriávamos de nossos ancestrais que haviam participado das Cruzadas ou que haviam sido heróis durante a Idade Média e o Renascimento; também não me fora transmitida nenhum tipo de tradição, exceto o que pode ter sido registrado no envelope selado deixado por todo escudeiro ao filho mais velho, antes da Guerra Civil, para que fosse aberto depois de sua morte. As glórias que valorizamos são aquelas conquistadas depois da migração; as glórias de uma ilustre e honrada linhagem da Virgínia, embora um tanto reservada e antissocial.

Durante a guerra, nossa fortuna tinha sido destruída e toda a nossa existência, transformada pelo incêndio de Carfax, nossa casa às margens do rio Jaime. Meu avô, de idade bastante avançada, falecera naquela tragédia atroz, e, com ele, se fora o envelope que nos ligava ao passado. Ainda hoje me lembro daquele incêndio como quando o presenciei, aos 7 anos, enquanto os soldados da Federação clamavam, as mulheres gritavam e os negros uivavam e rezavam. Meu pai estava no exército, defendendo Richmond, e, depois de muitas formalidades, permitiram que minha mãe e eu atravessássemos a linha para que nos juntássemos a ele.

Após o fim da guerra, mudamo-nos para o norte, de onde minha mãe viera, e onde cresci até tornar-me homem, até chegar à meia-idade, e onde conquistei a máxima riqueza como um impassível ianque. Meu pai e eu nunca soubemos o que nosso envelope hereditário continha, e, à medida que eu me afundava na entediante vida de negócios de Massachusetts, perdi todo o interesse nos mistérios que, evidentemente, espreitavam havia muito tempo em minha árvore genealógica. Tivesse eu suspeitado de sua natureza, com que prazer teria deixado o priorado de Exham com seus musgos, morcegos e teias de aranha.

Meu pai faleceu em 1904, sem deixar, porém, nenhuma mensagem para mim nem para o meu único filho, Alfred, um menino de 10 anos órfão de mãe. Foi esse garoto que reverteu a ordem das informações da família, pois, embora eu pudesse lhe fornecer apenas

hipóteses brincalhonas sobre o passado, ele me escreveu sobre algumas lendas antigas interessantes, quando a recente guerra o levou à Inglaterra, em 1917, como um oficial de aviação. Aparentemente, os Delapores tinham uma história excêntrica e, talvez, até mesmo sinistra, pois um amigo do meu filho, o capitão

Edward Norrys, do Real Corpo Aéreo, vivia próximo da residência de nossos ancestrais em Anchester e relatara algumas superstições camponesas, que poucos romancistas poderiam igualar em loucura e incredulidade. O próprio Norrys, é claro, não as tinha levado tão a sério; mas elas divertiram meu filho, e renderam um bom material nas cartas que ele me enviava. Foi esse conjunto de lendas que, definitivamente, me chamou a atenção para minha herança transatlântica e me fez decidir comprar e restaurar a sede da família, que Norrys havia apresentado para Alfred em sua pitoresca deserção, propondo-se a conseguir que ela fosse vendida por um valor surpreendentemente razoável, já que seu tio era o proprietário atual.

Comprei o priorado de Exham em 1918, mas fui imediatamente desviado dos meus planos de restauração, por causa do retorno do meu filho como um inválido mutilado. Durante os dois anos em que Alfred sobreviveu, não pensei em nada além de cuidar dele, e até mesmo coloquei os negócios sob a administração de meus sócios.

Em 1921, quando me encontrei de luto e sem rumo, um industrial aposentado que havia muito não era jovem, resolvi preencher meus anos restantes com minha nova aquisição. Quando visitei Anchester, em dezembro, fui recebido pelo capitão Norrys, um jovem rechonchudo e amigável, que tinha uma enorme consideração por meu filho e que me prometera reunir planos e relatos que me guiassem na futura restauração. O priorado de Exham, em si, não me despertou muita emoção – um amontoado de instáveis ruínas medievais cobertas por líquens, cheias de cavidades preenchidas por ninhos de gralhas, assentadas perigosamente sobre um precipício e desprovidas de pavimento ou de outras características internas, com exceção das paredes de pedra das diferentes torres.

Conforme eu, aos poucos, recuperava a aparência do edifício do modo como havia sido quando meus ancestrais o deixaram mais de três séculos antes, comecei a contratar trabalhadores para a reconstrução. De modo geral, fui forçado a buscar operários fora da localidade, pois os aldeões de Anchester tinham um medo e uma aversão quase inacreditáveis do lugar. O sentimento era tão forte que, às vezes, era transmitido para os operários de regiões mais distantes, provocando numerosas deserções, enquanto sua extensão parecia incluir tanto o priorado como a antiga família que o habitava.

Meu filho havia me contado que as pessoas o tinham evitado, durante suas visitas, por ser um De la Poer; e, agora, eu me sentia sutilmente repudiado pelo mesmo motivo, até convencer os camponeses de quão pouco conhecia sobre minha ascendência. Mesmo assim, de forma sombria, eles desgostavam de mim, de modo que precisei inteirar-me da maior parte das tradições da vila por intermédio de Norrys. O que as pessoas, talvez, não pudessem perdoar era o fato de que eu viera restaurar um símbolo tão abominável para eles; pois, racionalmente ou não, eles viam o priorado de Exham como nada menos que um reduto de demônios e lobisomens.

Reunindo as lendas que Norrys havia coletado para mim, e complementando-as com os relatos de diversos eruditos que haviam estudado as ruínas, deduzi que o priorado de Exham tinha sido construído no local de um templo pré-histórico; algo druida ou antedruida, provavelmente contemporâneo de Stonehenge. Que rituais indescritíveis haviam sido celebrados ali poucos duvidavam, e havia histórias desagradáveis sobre a transferência desses ritos para o culto de adoração a Cibele, introduzido pelos romanos.

Inscrições ainda visíveis na adega inferior apresentavam letras inconfundíveis, tais como 'DIV... OPS... MAGNA.MAT...', símbolo da Magna Mater, cuja seita sombria fora inutilmente proibida aos cidadãos romanos. Anchester tinha sido o acampamento da terceira legião de Augusto, como comprovam muitos vestígios, e dizia-se que o templo de Cibele era esplêndido e cheio de devotos, que realizavam inomináveis cerimônias por ordem de um sacerdote frígio. As lendas acrescentavam que a queda da velha religião não tinha acabado com as orgias no templo, mas que os sacerdotes seguiram com a nova fé sem mudanças significativas. Da mesma forma, contava-se que os ritos não desapareceram com o poder romano, e que alguns saxões edificaram o que restara do templo, estabelecendo os contornos essenciais que depois foram preservados, tornando-o o centro de um culto temido por metade da heptarquia. Por volta de 1000 a.C., o local foi citado em uma crônica como um importante priorado de pedra, que abrigava uma estranha e poderosa ordem monástica, cercado por vastos jardins, que não necessitavam de muros para excluir a população amedrontada. Nunca foi destruído pelos dinamarqueses, embora, após a conquista normanda, deva ter decaído tremendamente, pois não houve nenhum impedimento quando Henrique III concedeu o lugar para meu antepassado, Gilbert de la Poer, o primeiro barão de Exham, em 1261.

Sobre minha família antes dessa data, não há relatos negativos, mas, então, algo estranho deve ter acontecido. Em uma crônica, há uma referência a um De la Poer como um "amaldiçoado de Deus em 1307", ao passo que as lendas da aldeia não mencionam nada além de males e um medo frenético a respeito do castelo, que fora construído sobre as fundações do antigo templo e do priorado. As histórias contadas à beira do fogo apresentavam as mais terríveis descrições, e eram sinistras por causa de sua apavorante discrição e sua nebulosa evasão. Elas representavam meus antepassados como uma raça de demônios hereditários, ao lado dos quais Gilles de Retz e o marquês de Sade pareceriam grandes principiantes, e sugeriam, aos sussurros, sua responsabilidade pelos ocasionais desaparecimentos de aldeões, ao longo de várias gerações.

As piores figuras, aparentemente, eram os barões e seus herdeiros diretos; ao menos, os maiores rumores eram sobre eles. Se tivesse inclinações mais sábias, dizia-se, um herdeiro morreria cedo e misteriosamente, para dar lugar a outro descendente mais típico. Parecia existir um culto interno na família, comandado pelo chefe da casa, e às vezes restrito, exceto para alguns poucos membros. O temperamento, mais que a linhagem, era, evidentemente, a base desse círculo, pois ele admitia vários agregados da família. *Lady* Margareth Trevor da Cornualha, esposa de Godfrey, segundo filho do quinto barão, tornou-se a maldição favorita das crianças em todo o campo e heroína demoníaca de uma antiga balada, particularmente horrível, ainda não extinta, perto da fronteira com o País de Gales. Também preservada por meio de canções, embora sem ilustrar o mesmo ponto, ficou a hedionda lenda de *lady* Mary de la Poer, que, logo depois de seu casamento com o conde de Shrewsfield, fora assassinada pelo marido e pela sogra, e ambos os assassinos foram absolvidos e abençoados pelo padre, a quem confessaram o que não ousavam repetir para o mundo.

Esses mitos e baladas, típicos de uma superstição tosca, aborreciam-me bastante. Sua persistência e sua aplicabilidade a uma linhagem tão longa como a de meus antepassados eram especialmente irritantes; enquanto as acusações de hábitos monstruosos provaram-se desagradavelmente equivalentes ao único escândalo conhecido de meus antecessores imediatos – o caso do meu primo, o jovem Randolph Delapore de Carfax, que passou a viver entre negros e tornou-se um sacerdote vodu depois de ter retornado da Guerra Mexicano-Americana.

Fiquei muito menos incomodado com as vagas histórias de gemidos e uivos nos vales estéreis e expostos ao vento sob o penhasco de pedra calcária; do fedor do cemitério depois das chuvas de primavera; da coisa branca estridente e agitada na qual o cavalo de *sir* John Clave havia pisado, numa noite, em um campo solitário; e do criado que havia enlouquecido por causa do que vira no priorado, em plena luz do dia. Eram crenças espectrais banais, e eu era, na época, um cético declarado. Os relatos de camponeses desaparecidos não deviam ser ignorados, embora não fossem significativos, em vista dos costumes medievais. Curiosidade indiscreta significava morte, e mais de uma cabeça decepada tinha sido publicamente exibida nas fortalezas – agora destruídas – ao redor do priorado de Exham.

Algumas das histórias eram excessivamente curiosas, e fizeram com que eu desejasse ter aprendido mais sobre mitologia comparada na juventude. Havia, por exemplo, a crença de que, no priorado, uma legião de demônios com asas de morcego guardava o Sabá das Bruxas, todas as noites – uma legião cuja subsistência poderia explicar a abundância desproporcional de grosseiros vegetais colhidos nos vastos jardins. E, o mais intenso de tudo, havia a dramática epopeia dos ratos – a tropa alucinada de pestes obscenas que tinha saído do castelo três meses depois da tragédia que o condenara ao abandono – exército esquelético, imundo e insaciável, que tinha varrido tudo à sua frente e devorado aves, gatos, cachorros, porcos, ovelhas e até mesmo dois seres humanos desafortunados, antes que sua fúria se extinguisse. Ao redor daquele inesquecível bando de roedores, girava todo um ciclo de mitos à parte, que se espalhou pelas casas da aldeia e deixou maldições e horrores em seu rastro.

Tais eram as histórias que me assaltaram enquanto eu me dedicava a concluir, com uma obstinação típica dos idosos, o trabalho de restauração da casa de meus antepassados. Não se deve pensar, nem mesmo por um momento, que esses boatos constituíram meu ambiente psicológico. Por outro lado, eu era constantemente elogiado e encorajado pelo capitão Norrys e pelos estudiosos de antiguidades que me cercavam e me ajudavam. Quando o trabalho estava completo, mais de dois anos após seu início, vi os grandes quartos, as paredes cobertas por painéis de madeira, os tetos abobadados, as janelas maineladas e as amplas escadarias com um orgulho que compensou totalmente os extraordinários gastos da reforma.

Todas as características da Idade Média foram habilmente reproduzidas, e as novas partes da construção mesclaram-se perfeitamente com as paredes e fundações originais. A casa dos meus ancestrais fora finalizada, e eu estava ansioso para reparar, ao menos, a fama local da linhagem que acabava em mim. Eu poderia viver aqui permanentemente e provar que um De la Poer (eu havia readotado a nome original da família) não necessariamente era um demônio. Meu conforto foi, talvez, aumentado pelo fato de que, embora equipado à maneira medieval, o interior do priorado de Exham era, na verdade, totalmente novo e livre de velhos vermes e também de velhos fantasmas.

Como disse, mudei-me em 16 de julho de 1923. Na casa, viviam sete criados e nove gatos, e por esses últimos eu possuía uma afeição particular. Meu gato mais velho, "Nigger-man", tinha 7 anos e viera comigo de minha casa em Bolton, Massachusetts; os outros foram adotados ao longo do tempo em que vivi com a família do capitão Norrys, durante a reforma do priorado.

Por cinco dias, nossa rotina prosseguiu com a maior tranquilidade, e passei grande parte do meu tempo organizando as velhas informações sobre a família. Agora, eu havia obtido alguns relatos bastante circunstanciais sobre a tragédia final e a fuga de Walter de la Poer, o que imaginei ser o provável conteúdo do envelope hereditário no incêndio de Carfax.

Ao que parece, meu antepassado foi acusado, com muita razão, de ter assassinado todas as outras pessoas que viviam na casa – com exceção de quatro criados, que eram seus aliados – enquanto dormiam, cerca de duas semanas após ter descoberto algo chocante, que transformou todo o seu comportamento, mas que, exceto por meio de insinuações, ele não revelou a ninguém salvo, talvez, aos empregados que o ajudaram, e que depois fugiram para além do alcance.

Esse massacre premeditado, que havia acabado com a vida do pai, de três irmãos e de duas irmãs, foi amplamente tolerado pelos aldeões, e tratado de modo tão negligente pela lei que seu autor escapou, honrado, intacto e sem disfarces, para a Virgínia; o sentimento geral que corria pela região era que ele teria purificado a terra de uma maldição imemorial. Que descoberta teria incentivado um ato tão terrível eu nem sequer podia imaginar. Walter de la Poer devia ter conhecido, havia anos, as sinistras histórias sobre sua família, de modo que tal material não deve ter-lhe dado um novo incentivo. Teria ele, então, testemunhado algum antigo rito horrendo, ou tropeçado em algum símbolo assustador e revelador no priorado ou em suas proximidades? Sua reputação era de um jovem tímido e gentil na Inglaterra. Na Virgínia, não parecia ter sido muito severo ou amargo, mas, sim, atormentado e aflito. Fora mencionado no diário de um outro cavalheiro aventureiro, Francis Harley, de Bellview, como um homem de justiça, honra e delicadeza sem precedentes.

No dia 22 de julho, ocorreu o primeiro incidente que, embora ligeiramente ignorado à época, assumiu uma relevância sobrenatural no que diz respeito aos eventos posteriores. Foi algo tão simples que seria quase insignificante; possivelmente, poderia não ter sido notado sob tais circunstâncias, pois, deve-se lembrar que, como eu vivia em um prédio praticamente novo exceto pelas paredes, e acompanhado de uma equipe bem equilibrada de criados, qualquer receio teria sido absurdo, apesar da localidade.

Do que posteriormente me lembrei é basicamente isto – que meu velho gato preto, cujo temperamento eu conhecia tão bem, estava, sem dúvida, alerta e ansioso, de tal modo que destoava completamente de sua personalidade natural. Ele perambulava de um quarto para outro, inquieto e perturbado, e cheirava constantemente as paredes que constituíam parte da estrutura gótica. Compreendo como isso pode soar tão banal – como o cão sempre presente nas histórias de fantasmas, rosnando antes que seu dono visse a figura coberta por um lençol –, embora não possa negá-lo de maneira consistente.

No dia seguinte, um criado reclamou da inquietação de todos os gatos da casa. Ele veio até meu escritório, uma sala grandiosa na ala oeste do segundo andar, com arcos ogivais, painéis de carvalho preto e uma tripla janela gótica, cuja vista dava para o penhasco de pedra calcária e para o vale desolado; e, enquanto ele falava, eu via a figura negra de Nigger-Man movendo-se, furtivamente, ao longo da parede a oeste e arranhando o novo revestimento das pedras antigas.

Eu disse ao homem que devia haver algum odor ou exalação distinta que vinha das velhas construções de pedra, imperceptível aos sentidos humanos, mas que afetava os órgãos sensíveis dos gatos, mesmo através da nova madeira que as cobria. Eu realmente acreditava nisso, e, quando o sujeito sugeriu a presença de camundongos ou ratos, mencionei que não havia ratos ali fazia 300 anos, e que mesmo os ratos-do-campo que viviam nos arredores dificilmente poderiam ser encontrados nessas paredes elevadas, em que nunca foram vistos. Naquela tarde, chamei o capitão Norrys, e ele me garantiu que seria bastante inacreditável que ratos-do-campo infestassem o priorado de um modo tão repentino e inusitado.

À noite, dispensando o mordomo, como de costume, recolhi-me no quarto que escolhera para mim, na torre oeste, acessada pelo escritório por uma escadaria de pedra e uma pequena galeria

– sendo a primeira parcialmente antiga e a segunda, completamente restaurada. O quarto era circular, tinha o pé-direito muito alto, sem ser revestido por painéis de madeira; era decorado com tapeçarias que eu mesmo havia comprado em Londres.

Ao ver que Nigger-Man estava comigo, fechei a pesada porta gótica e me recolhi, à luz de lâmpadas elétricas que engenhosamente imitavam velas, por fim apagando-as e afundando na cama entalhada coberta por um dossel, com o venerável gato junto a meus pés, como de costume. Não fechei as cortinas, e fiquei olhando para a estreita janela à minha frente. Havia um traço da aurora no céu, e os delicados rendilhados da janela formavam uma silhueta agradável.

Em algum momento, devo ter caído no sono em silêncio, pois me recordo de uma nítida sensação de deixar sonhos estranhos quando o gato saltou, violentamente, saindo de sua tranquila posição. Eu o vi sob o brilho fraco da aurora, a cabeça esticada para a frente, as patas dianteiras apoiadas sobre meus tornozelos e as posteriores estendidas para trás. Ele olhava, de maneira intensa, para um ponto na parede, um pouco a oeste da janela, um ponto em que eu não via nada de especial, mas em direção ao qual minha atenção estava totalmente voltada.

E, enquanto observava, sabia que Nigger-Man não estava alucinado em vão. Se a tapeçaria estava realmente se movendo não sei dizer. Mas acho que sim, bem de leve. O que posso jurar, porém, é que, por trás dela, ouvi um ruído baixo, mas distinto de ratos ou camundongos correndo. Em dado momento, o gato pulou na tapeçaria pendurada, arrastando, com seu peso, o pedaço em questão para o chão, expondo a úmida e antiga parede de pedra, remendada aqui e ali pelos restauradores, na qual não havia nenhum vestígio de roedores traiçoeiros.

Nigger-Man corria de um lado para o outro no chão, sob essa parte da parede, arranhando a tapeçaria caída e aparentemente tentando, vez ou outra, enfiar a pata entre a parede e o piso de carvalho. Ele não encontrou nada e, depois de um tempo, retornou, cansado, para o seu lugar junto a meus pés. Não me movi, mas também não dormi novamente naquela noite.

Pela manhã, questionei todos os criados, e descobri que nenhum deles havia notado nada de incomum, salvo uma cozinheira, que se lembrava do comportamento de um gato que repousara no parapeito da janela de seu quarto. Esse gato tinha gritado, a alguma hora indefinida da madrugada, despertando a mulher a tempo de ela vê-lo correr ostensivamente para fora da porta aberta e lançar-se escada abaixo. Cochilei depois do almoço e, à tarde, visitei o capitão Norrys novamente, que ficou extremamente interessado no que lhe contei. Os estranhos incidentes – tão breves, mas, ainda assim, tão curiosos – atraíram a sua percepção do inusitado e evocaram nele uma série de lembranças sobre fantasmagóricas crenças locais. Nós estávamos genuinamente perplexos com a presença de ratos; Norrys emprestou-me armadilhas e venenos, e, quando retornei, solicitei que os criados os colocassem em pontos estratégicos.

Fui dormir cedo, com muito sono, mas sonhos dos mais terríveis gêneros me atormentaram. Eu parecia estar olhando para baixo de uma imensa altura, em uma gruta obscura, atolado na sujeira, na qual um demoníaco porqueiro de barba branca conduzia, com seu bastão, um bando de bestas esponjosas e flácidas, cuja aparência me encheu de uma aversão indescritível. Então, quando o homem pausou e assentiu com a cabeça para os animais, um poderoso exército de ratos precipitou-se no fedorento abismo e começou a devorar tanto as bestas como o humano.

Então, fui despertado abruptamente dessa visão inacreditável pelos movimentos de Nigger-Man, que dormia aos meus pés, como sempre. Dessa vez, não precisei questionar a razão de seus rosnados e chiados, nem do medo que o fizera cravar suas garras nos meus tornozelos, inconsciente de seus efeitos; pois, em todos os lados do quarto, as paredes pareciam estar vivas, emitindo sons nauseantes – o ruído venenoso de ratos enormes e vorazes. Não havia sinal da aurora para revelar o estado da tapeçaria – cujo pedaço caído havia sido substituído –, mas eu não estava tão assustado a ponto de não acender a luz.

Quando as lâmpadas começaram a brilhar, pude ver uma agitação horrenda por toda a tapeçaria, que fazia com que as estampas um tanto peculiares executassem uma inigualável dança da morte. Aquela movimentação desapareceu quase de imediato, junto com o barulho. Saltando do colchão, cutuquei a tapeçaria com o longo cabo de um aquecedor de camas que estava por ali, e levantei uma de suas pontas, para ver o que existia atrás. Não havia nada além da parede reparada de pedra, e até mesmo o gato tinha perdido sua tensa percepção de presenças anormais. Quando examinei a armadilha circular que fora montada no quarto, encontrei todas as aberturas desarmadas, embora não houvesse nenhum vestígio do que havia sido capturado e, depois, escapado.

Continuar a dormir estava fora de questão; então, acendi uma vela, abri a porta e fui rumo ao escritório pela galeria que dava para as escadas, com Nigger-Man me seguindo de perto. Antes que tivéssemos alcançado os degraus de pedra, porém, o gato saltou à minha frente e desapareceu na antiga escada abaixo. Enquanto eu descia a escadaria, de repente constatei que sons vinham da grande sala no andar inferior; sons de tal natureza que não podiam ser confundidos.

As paredes cobertas por painéis de carvalho estavam vivas, cheias de ratos, que disparavam e roíam, enquanto Nigger-Man corria por todos os lados, com a fúria de um caçador desorientado. Ao alcançar o andar de baixo, acendi as luzes, que, dessa vez, não fizeram com que o som diminuísse. Os roedores continuaram sua rebelião, correndo com tamanha força e distinção que eu, finalmente, pude identificar uma determinada direção a seus movimentos. Essas criaturas, aparentemente em números inesgotáveis, estavam empenhadas em uma migração estupenda, de alturas inconcebíveis, em direção a profundidades imagináveis ou não.

Então, ouvi passos no corredor, e, em seguida, dois criados abriram a porta maciça. Eles procuravam, pela casa, por alguma fonte desconhecida de perturbação, que deixara todos os gatos em estado de pânico, rosnando, fazendo com que descessem precipitadamente vários lances de escada e parassem, agachados e miando, ante à porta fechada da adega inferior. Perguntei se tinham ouvido os ratos, mas eles responderam negativamente. E, quando eu me virei para chamar a atenção deles para os sons nos painéis, percebi que os ruídos tinham cessado.

Com os dois homens, desci até a porta da adega, mas encontrei os gatos já dispersos. Mais tarde, resolvi explorar a cripta abaixo, mas, naquele momento, fiz apenas uma ronda pelas armadilhas. Todas estavam desarmadas, mas nada haviam capturado. Contentando-me com o fato de que ninguém ouvira os ratos, exceto os gatos e eu, sentei-me no escritório e fiquei ali até o amanhecer, refletindo profundamente e recordando cada fragmento de lenda que eu havia desenterrado a respeito do edifício que, agora, eu habitava. Dormi um pouco pela manhã, recostando-me na única cadeira confortável da biblioteca que meu planejamento medieval de decoração não havia conseguido excluir. Mais tarde, telefonei para o capitão Norrys, que veio até o priorado e me ajudou a explorar o subsolo.

Absolutamente nada desagradável foi encontrado, embora não pudéssemos reprimir a emoção ao saber que aquela cripta havia sido construída por mãos romanas. Todos os arcos inferiores e pilares maciços eram romanos – não o romanesco degradado dos inábeis saxões, mas o sério e harmonioso classicismo da era dos césares; de fato, as paredes estavam repletas de inscrições familiares aos estudiosos de antiguidades que haviam explorado o lugar repetidamente – escritos como "'P. GETAE. PROP... TEMP... DONA..." e "L. PRAEG... VS... PONTIFI... ATYS...".

A referência a Átis fez-me estremecer, pois eu havia lido Catulo e sabia um pouco sobre os ritos hediondos do deus oriental, cuja adoração era bastante associada àquela dedicada a Cibele. Norrys e eu, sob a luz de lanternas, tentamos interpretar os estranhos desenhos, quase apagados, inscritos em certos blocos de pedra irregularmente retangulares, em geral utilizados como altares – mas não fomos bem-sucedidos. Lembramos que um desenho, uma espécie de sol raiado, fora considerado pelos estudantes uma insinuação de origem não romana, o que sugeria que esses altares haviam sido, simplesmente, adotados pelos sacerdotes romanos, de templos mais antigos e talvez primitivos que, um dia, se localizaram no mesmo lugar. Em um desses blocos havia algumas manchas amarronzadas, que me fizeram refletir. O maior deles, situado no centro da sala, possuía certas características, na superfície superior, que indicavam sua conexão com o fogo – provavelmente ofertas queimadas.

Tais eram as cenas naquela cripta, diante de cuja porta os gatos miaram e na qual Norrys e eu, então, decidimos passar a noite. Os criados trouxeram sofás para baixo e foram orientados a não se importar com nenhuma movimentação noturna dos gatos. Nigger-Man foi admitido tanto como ajudante quanto como companhia. Decidimos manter a grande porta de carvalho – uma réplica moderna, com fendas para ventilação – firmemente fechada; e, assim feito, recolhemo-nos, com as lanternas ainda acesas, à espera do que poderia acontecer.

A cripta se localizava em um nível muito profundo nas fundações do priorado, e, sem dúvida, muito além da superfície do penhasco de pedra calcária, cuja vista dava para o vale desolado. Eu não tinha dúvida de que esse tinha sido o destino dos briguentos e inexplicáveis ratos, embora não soubesse dizer o porquê. Enquanto esperávamos, deitados e ansiosos, minha vigília foi ocasionalmente entremeada por sonhos vagos, dos quais os movimentos inquietantes do gato aos meus pés me despertavam.

Esses sonhos não eram benéficos, mas, sim, terrivelmente parecidos com aquele que eu tivera na noite anterior. Novamente, vi a gruta obscura e o porqueiro com suas inomináveis bestas esponjosas chafurdando na imundície; e, enquanto eu contemplava aqueles personagens, eles pareciam mais próximos e distintos – tão distintos que eu quase podia observar seus traços. Então, examinei as feições flácidas de uma das bestas – e acordei, soltando tal grito que fez Nigger-Man pular, enquanto o capitão Norrys, que não tinha dormido, gargalhava consideravelmente. Norrys teria rido mais – ou talvez menos – se soubesse o que me fizera gritar. Mas só me lembraria disso mais tarde. O horror absoluto, muitas vezes, paralisa a memória de maneira misericordiosa.

Norrys me acordou assim que o fenômeno começou. Do mesmo pesadelo amedrontador fui despertado por ele, que me sacudia suavemente e solicitava que eu ouvisse os gatos. De fato, havia muito para ouvir, pois, para além da porta fechada, no topo dos degraus de pedra, havia um verdadeiro pesadelo de felinos que gritavam e arranhavam, enquanto Nigger-Man, ignorando os parentes do lado de fora, corria euforicamente junto às nuas paredes de pedra, nas quais eu podia ouvir a mesma algazarra de ratos correndo que havia me importunado na noite anterior.

Então, um terror agudo cresceu dentro de mim, pois ali existiam anomalias que nada normal poderia explicar satisfatoriamente. Esses ratos, se não eram o produto de uma espécie de loucura que eu dividia apenas com os gatos, estavam se embrenhando e deslizando dentro das paredes romanas, que eu pensava ser constituídas de sólidos blocos de pedra calcária... a não ser que, talvez, a ação da água ao longo de mais de 17 séculos tivesse corroído a pedra, produzindo túneis sinuosos que os roedores desobstruíram e ampliaram... Ainda assim, o terror espectral não era menor; pois, se o ruído vinha desses vermes vivos, por que Norrys não ouvia aquele tumulto repugnante? Por que me instigou a observar Nigger-Man e a ouvir os gatos do lado de fora, e por que tentava adivinhar, tão louca e vagamente, que tipo de coisa poderia tê-los despertado?

Quando consegui contar a ele, o mais racionalmente que pude, sobre o que pensava estar escutando, meus ouvidos forneceram a última impressão, já enfraquecida, de perceber os ratos correndo – correndo para baixo, para muito mais baixo do que essa adega inferior, como se todo o penhasco estivesse lotado de animais em busca de algo. Norrys não era tão cético como eu havia imaginado; ao contrário, pareceu ter ficado profundamente impressionado. Ele gesticulou, indicando que os gatos à porta tinham suspendido seu clamor, como se desistissem dos ratos, ao passo que Nigger-Man teve uma explosão de renovada inquietação, e arranhava, euforicamente, a base do grande altar de pedra no centro da sala, mais próximo do sofá de Norrys que do meu.

O medo do desconhecido, nesse momento, era enorme. Algo surpreendente havia acontecido, e vi que o capitão Norrys, um homem mais jovem, mais robusto e, ao que parecia, mais naturalmente materialista, tinha sido afetado tanto quanto eu – talvez por causa de sua íntima familiaridade de toda uma vida com as lendas locais. Por enquanto, não podíamos fazer nada além de observar o velho gato preto, que arranhava, com fervor cada vez menor, a base do altar, ocasionalmente olhando para cima e miando na minha direção, do modo persuasivo que sempre usava quando queria que eu lhe fizesse algum favor.

Norrys, então, levou uma lanterna para perto do altar e examinou o local que Nigger-Man arranhava e, silenciosamente ajoelhado, removeu os líquens acumulados por séculos, que se espalhavam do maciço bloco pré-romano no piso decorado com mosaicos. Ele não encontrou nada, e estava prestes a encerrar seus esforços quando notei uma circunstância trivial que me fez estremecer, ainda que não implicasse em algo além do que eu já imaginara.

Contei a ele sobre o que eu havia notado, e ambos observamos a quase imperceptível manifestação, com a absorção digna de fascinantes descobertas e reconhecimentos. Tratava-se apenas disto – a chama da lanterna disposta próximo ao altar, de leve, mas que, evidentemente, tremeluzia em função de uma corrente de ar, antes inexistente, e que vinha, sem dúvida, da fissura entre o piso e o altar do qual Norrys removia os líquens.

Passamos o restante da noite no escritório magnificamente iluminado, discutindo com ansiedade sobre o que deveríamos fazer em seguida. A descoberta de que, sob esse amontoado maldito, existia alguma cripta, localizada ainda mais abaixo da mais profunda construção de pedra romana conhecida no priorado – alguma cripta que, ao longo de três séculos, permanecera desconhecida aos curiosos estudiosos de antiguidades –, seria suficiente para nos empolgar na ausência de qualquer contexto sinistro. Em tais condições, o fascínio tornou-se dúbio; e nos detemos, divididos entre abandonar nossa busca e deixar o priorado para sempre, agindo com uma cautela supersticiosa, ou, então, satisfazer nossa sede de aventura e enfrentar quaisquer horrores que pudessem nos aguardar nas desconhecidas profundezas.

Pela manhã, tínhamos entrado em acordo, decidindo ir a Londres, com o objetivo de reunir um grupo de arqueólogos e cientistas preparados para lidar com o mistério. Deve-se mencionar que, antes de deixarmos a adega inferior, tentamos, em vão, mover o altar central, que agora reconhecíamos como o portal de um novo poço de terrível medo. Que segredo revelaria, homens mais sábios que nós teriam de descobrir.

Durante vários dias em Londres, o capitão Norrys e eu apresentamos nossos fatos, teorias e histórias lendárias para cinco ilustres autoridades, todos homens em quem podíamos confiar, que respeitariam quaisquer revelações familiares que explorações futuras pudessem evidenciar. Encontramos a maior parte deles pouco disposta a nos ridicularizar; ao contrário, mostraram-se profundamente interessados e sinceramente compreensivos. Não é necessário nomeá-los todos, mas devo dizer que, entre eles, estava *sir* William Brinton, cujas escavações na Trôade encantaram a maior parte do mundo à época em que ocorreram. Enquanto pegávamos o trem rumo a Anchester, senti-me na iminência de revelações assustadoras, uma sensação representada pelo ar de luto entre os muitos americanos, por causa da inesperada morte de seu presidente, no outro lado do mundo.

Na noite de 7 de agosto, chegamos ao priorado de Exham, onde os criados me asseguraram que nada fora do comum havia se passado. Os gatos, até mesmo o velho Nigger-Man, estavam perfeitamente tranquilos, e nenhuma das armadilhas pela casa havia sido desarmada. Começaríamos a exploração no dia seguinte, e, enquanto isso, designei aposentos bem equipados para todos os meus convidados.

Recolhi-me no meu próprio quarto na torre, com Nigger-Man a meus pés. O sono veio rapidamente, mas sonhos terríveis me assaltaram. Tive a visão de um banquete romano, como aquele de Trimalquião, com algo horrível em uma travessa coberta. Então, veio aquele pesadelo condenável e recorrente, com o porqueiro e seu imundo bando na gruta obscura. No entanto, quando acordei, o dia já tinha amanhecido completamente, e eu ouvia sons comuns nos andares inferiores da casa. Os ratos, reais ou espectrais, não me perturbaram; e Nigger-Man ainda dormia calmamente. Ao descer as escadas, constatei que a tranquilidade prevalecia em todos os lugares – condição sobre a qual um dos criados ali reunidos – um sujeito chamado Thornton, devotado às questões paranormais –, de forma absurda, atribuiu ao fato de que, agora, eu tinha visto o que certas forças desejavam me mostrar.

Tudo estava pronto, e, às 11 da manhã, nosso grupo de sete homens, portando potentes lanternas elétricas e instrumentos de escavação, dirigiu-se rumo à adega inferior. Ao entrarmos na sala, trancamos a porta atrás de nós. Nigger-Man estava conosco, pois os investigadores não viram razão em desprezar sua sensibilidade, e, na verdade, estavam ansiosos por sua presença no caso de obscuras manifestações dos roedores. Observamos brevemente as inscrições romanas e os misteriosos desenhos nos altares, pois três dos sábios homens já as tinham visto, e todos conheciam suas características. O monumental altar central recebeu grande atenção, e, dentro de uma hora, *sir* William Brinton conseguiu incliná-lo para trás, equilibrando-o em alguma espécie desconhecida de contrapeso.

Então, foi revelado tal terror que teria nos impressionado caso não estivéssemos preparados. Através de uma abertura, de formato aproximadamente quadrado, no chão ladrilhado, esparramado em um lance de degraus de pedra, estes tão intensamente desgastados que sua área central quase não passava de um plano inclinado, havia um medonho amontoado de ossos humanos e semi-humanos. Aqueles que mantiveram sua configuração como esqueleto pareciam exibir uma postura de pânico intenso; além de tudo, havia marcas de roeduras. Os crânios indicavam sinais de deficiência, cretinismo ou características de semiprimatas.

Acima dos degraus diabolicamente sujos, arqueava-se uma passagem descendente, aparentemente escavada na rocha maciça, pela qual soprava uma corrente de ar. Essa corrente não fluía de maneira repentina e nociva, como se viesse de uma cripta fechada, mas era uma brisa leve, com algum frescor. Não nos detivemos por muito tempo, mas, trêmulos, começamos a abrir caminho pelos degraus abaixo. Foi então que *sir* William, examinando as paredes escavadas, fez a estranha observação de que a galeria, de acordo com a direção dos golpes, devia ter sido escavada de baixo para cima.

A partir de agora, devo ser muito cuidadoso e escolher bem as minhas palavras. Depois de descer alguns degraus entre os ossos roídos, vimos que havia uma luz mais adiante; não se tratava de nenhuma fosforescência mística, mas da luz do dia filtrada, que não poderia vir de nenhum lugar além de fissuras desconhecidas no penhasco que dava para o vale desolado. Que tais fissuras tivessem escapado ao olhar por fora não era algo surpreendente, pois não apenas o vale era totalmente desabitado como o penhasco era tão alto e inclinado que apenas um aeronauta poderia estudar sua superfície em detalhes. Mais alguns passos adiante, e quase literalmente perdemos o ar com o que vimos; tão literalmente que Thornton, o investigador paranormal, de fato desmaiou nos braços dos atordoados homens atrás dele. Norrys, com seu rosto rechonchudo, absolutamente branco e flácido, apenas gritou de modo incompreensível, enquanto tudo o que fiz, acredito, foi arfar ou suspirar, e cobrir meus olhos.

O homem atrás de mim – o único do grupo que era mais velho que eu – soltou o trivial "Meu Deus!", com a voz mais entrecortada que eu já tinha ouvido. Dos sete homens cultos, somente *sir* William Brinton manteve a compostura, algo que lhe dava ainda mais crédito, pois guiava o grupo e deve ter sido o primeiro a ver a cena.

Tratava-se de uma gruta obscura, incrivelmente alta, que se estendia para além de onde os olhos podiam enxergar; um mundo subterrâneo de mistérios inesgotáveis e horríveis insinuações. Ali havia edifícios e outros vestígios arquitetônicos – com apenas um olhar apavorado, vi um estranho arranjo de túmulos, um selvagem círculo de monólitos, uma ruína romana de cúpula baixa, uma enorme viga saxônica e uma antiga construção inglesa de madeira –, mas tudo isso era ofuscado pelo macabro espetáculo apresentado na superfície geral do terreno. Por metros ao redor dos degraus, estendia-se um insano emaranhado de ossos humanos, ou, pelo menos, ossos tão humanos quanto aqueles espalhados pela escada. Eles se projetavam como um mar espumante; alguns se desfiam, enquanto outros estavam total ou parcialmente articulados como esqueletos; esses últimos, invariavelmente, encontravam-se em posições que indicam um delírio demoníaco, como se estivessem ou defendendo-se de alguma ameaça ou agarrando outras formas, com intenção canibal.

Quando o dr. Trask, o antropólogo, se deteve para classificar os crânios, deparou com tal mistura degradada que o deixou totalmente perplexo. Eles eram, em sua maioria, inferiores ao Homem de Piltdown na escala da evolução, mas, em todo caso, definitivamente humanos. Muitos eram de grau superior, e alguns poucos eram crânios de tipos mais sensivelmente desenvolvidos. Todos os ossos haviam sido roídos, sobretudo por ratos, mas, de certo modo, por outros seres daquela raça semi-humana. Misturados a eles, havia muitos minúsculos ossos de ratos – cadáveres de membros do exército letal que havia encerrado a antiga epopeia.

Pergunto-me se algum dos homens do nosso grupo viveu e manteve sua sanidade ao longo daquele horrível dia de descobertas. Nem Hoffman nem Huysmans poderiam imaginar uma cena mais radicalmente incrível, mais freneticamente repulsiva ou mais goticamente grotesca que a gruta obscura através da qual nós sete cambaleamos – cada um tropeçando, revelação após revelação, e tentando, no momento, não pensar nos acontecimentos que devem ter ocorrido ali 300, ou mil, ou 2 mil, ou 10 mil anos atrás. Era a antecâmara do inferno, e o pobre Thornton desmaiou mais uma vez, quando Trask lhe disse que alguns dos esqueletos deviam ter sido de quadrúpedes, nas últimas 20 gerações ou mais.

Horrores somaram-se a outros horrores quando começamos a interpretar os vestígios arquitetônicos. Os seres quadrúpedes – junto de seus ocasionais recrutas da classe bípede – foram mantidos em celas de pedra, das quais devem ter escapado, em seu último delírio, em razão da fome ou do medo dos ratos. Havia enormes rebanhos dessas criaturas, evidentemente alimentadas com vegetais ordinários, cujos restos podiam ser encontrados como uma espécie de ração venenosa, no fundo de enormes recipientes de pedra, mais antigos que Roma. Agora, eu sabia por que meus antepassados tiveram jardins tão exagerados – e como gostaria de esquecer! Sobre a finalidade dos rebanhos, nem sequer precisei questionar.

Sir William, de pé com sua lanterna, no meio das ruínas romanas, traduziu em voz alta o ritual mais chocante de que já tive conhecimento; e contou sobre a dieta alimentar do culto pré-dilúvio que os sacerdotes de Cibele descobriram e incorporaram a seus hábitos. Norrys, acostumado com as trincheiras, não conseguia andar em linha reta ao sair da construção inglesa. Tratava-se de um açougue e uma cozinha – ele supunha –, mas era demais para ele reconhecer utensílios ingleses em um lugar como aquele, e ler inscrições inglesas familiares, algumas bastante recentes, de 1610. Eu não podia entrar naquela construção – ali, onde as atividades demoníacas foram interrompidas somente pela adaga do meu antecessor Walter de la Poer.

Onde me aventurei a entrar foi no baixo edifício saxônico, cuja porta de carvalho havia caído; e, lá, encontrei uma terrível fila de dez celas de pedra, com barras enferrujadas. Três delas tinham ocupantes, todos esqueletos de alto grau evolutivo, e, no dedo indicador esquelético de um deles, encontrei um anel de selo com o meu próprio brasão. *Sir* William descobriu uma cripta com celas muito mais antigas, sob a capela romana, mas estas estavam vazias. Abaixo delas havia uma catacumba baixa, com caixas cheias de ossos formalmente organizados, alguns deles exibindo terríveis inscrições paralelas, gravadas em latim, grego e frígio.

Enquanto isso, o dr. Trask havia aberto um dos túmulos pré-históricos e trouxera à luz crânios que eram ligeiramente mais humanos que o de um gorila, os quais exibiam indescritíveis escritos ideográficos. Em meio a todo esse horror, meu gato espreitava, imperturbável. Em certo momento, eu o vi, monstruosamente equilibrado, no alto de uma montanha de ossos, e imaginei que segredos poderiam se encontrar por trás de seus olhos amarelos.

Compreendendo, até certo grau, as assustadoras revelações dessa área obscura – uma área tão horrivelmente prenunciada pelo meu recorrente sonho –, voltamo-nos para a profundidade aparentemente ilimitada da caverna, de um breu absoluto, em que nenhum raio de luz do lado externo do penhasco podia penetrar. Nunca saberemos que infernais mundos invisíveis se abririam além da pequena distância que havíamos percorrido, pois fora decidido que tais segredos não fariam bem à humanidade. Mas havia muitas coisas que nos deixassem admirados, mesmo ali de perto, visto que não tínhamos avançado muito quando as lanternas revelaram aquela amaldiçoada infinidade de covas, nas quais os ratos fizeram um banquete – de modo que a repentina falta de abastecimento havia levado o exército de roedores vorazes, primeiro, a voltar-se para os rebanhos de seres famintos ainda sobreviventes e, depois, a irromper para além do priorado, naquela histórica orgia de devastação que os camponeses jamais esqueceriam.

Deus! Aqueles poços negros putrefatos, cheios de ossos pálidos, serrados e de crânios abertos! Esses abismos de pesadelos entupidos de ossos pitecantropoides, celtas, romanos e ingleses, de incontáveis séculos profanos! Alguns deles estavam cheios, e ninguém podia dizer quão profundo eram. Mesmo com nossas lanternas, não conseguíamos enxergar o fundo de alguns outros, povoados por fantasias inomináveis. E o que teria acontecido, pensei, com os ratos infelizes que tropeçaram em tais armadilhas, no meio da escuridão que permeava suas buscas nesse apavorante Tártaro?

Meu pé deslizou perto da borda de um terrível abismo escancarado, e tive um momento de violento medo. Devo ter devaneado por um longo tempo, pois não conseguia ver ninguém do grupo a não ser o capitão Norrys. Então, daquela enorme e obscura vastidão, ouvimos um som que eu pensava conhecer; e vi o meu velho gato preto passar por mim, correndo como um deus egípcio alado, diretamente para o fosso infinito do desconhecido. Eu também não fiquei muito para trás, pois, após um segundo, já não havia mais dúvidas. Era a correria sobrenatural daqueles ratos, nascidos demônios, sempre em busca de novos horrores e determinados a conduzir-me até aquelas cavernas arreganhadas no centro da terra onde Nyarlathotep, o deus louco sem rosto, uivava cegamente na escuridão, para as flautas de dois seres disformes.

Minha lanterna se apagou, mas continuei a correr. Ouvi vozes e uivos e ecos, mas, acima de tudo, crescia gradativamente o ruído daquela correria perversa e traiçoeira; gradativamente crescendo, crescendo, como se um cadáver rígido e inchado, pouco a pouco, se elevasse sobre um rio oleoso, que flui sob as infinitas pontes de ônix, em direção a um mar negro e pútrido.

Então, algo esbarrou em mim – algo macio e rechonchudo. Deve ter sido os ratos; o exército viscoso, gelatinoso e voraz que se alimentava dos mortos e dos vivos... Por que os ratos não devorariam um De la Poer, se os De la Poers devoravam coisas proibidas?... A guerra devorou o meu garoto, danem-se todos... E os ianques devoraram Carfax com as chamas, e queimaram meu avô Delapore e seu segredo... Não, não, eu lhe digo, não sou aquele demoníaco porqueiro da gruta obscura! Não era o rosto gordo de Edward Norrys naquela criatura esponjosa e rechonchuda! Quem disse que sou um De la Poer? Ele vivera, mas o meu menino se fora!... Deveria um Norrys possuir a terra de um De la Poer?... É um vodu, eu lhe digo... Aquela cobra manchada... Maldito seja você, Thornton, ensinarei-lhe a desmaiar de medo do que faz minha família! Juro por Deus, seu fedorento, vou pegá-lo!... Magna Mater! Magna Mater... Atys... Dia ad aghaidh's ad aodaun... agus bas dunarch ort! Dhonas 's dholas ort, agus leat-sa! ... Ungl unl... rrlh... chchch...

Disseram que eu falava isso quando me acharam na escuridão, depois de três horas; encontraram-me agachado no breu, sobre o corpo rechonchudo e parcialmente devorado do capitão Norrys, com meu próprio gato a saltar e a rasgar minha garganta. Então, explodiram o priorado de Exham, levaram meu Nigger-Man para longe e me trancaram neste quarto, fechado com barras em Hanwell, em meio a sussurros temerosos acerca da minha hereditariedade e da minha experiência. Thornton está no quarto ao lado, mas me impediram de falar com ele. Estão tentando, também, eliminar a maioria das informações a respeito do priorado. Quando comentei sobre o pobre Norrys, acusaram-me daquele feito horrível, mas devem saber que não fiz aquilo. Devem saber que foram os ratos; os ratos, que deslizavam e corriam, e cujo ruído nunca mais me deixará dormir; os ratos-demônios, que correm por trás do forro deste quarto e me levam a horrores maiores que aqueles que conheci; os ratos que eles nunca conseguem ouvir; os ratos; os ratos nas paredes.

A COISA NA SOLEIRA DA PORTA

Capítulo 1

É verdade que disparei seis balas na cabeça do meu melhor amigo, e, contudo, espero demonstrar, por meio desta declaração, que não sou seu assassino. A princípio, devo ser chamado de louco – mais louco que o homem em quem atirei, dentro de sua cela, no Sanatório Arkham. Mais tarde, alguns de meus leitores poderão pesar cada afirmação, relacioná-las com os fatos conhecidos e perguntar-se como eu poderia ter acreditado em algo diferente depois de ter encarado as evidências daquele horror – aquela coisa na soleira da porta.

Até então, também não via nada além de loucura nas histórias extravagantes em que me envolvi. Ainda agora, eu me pergunto se estava enganado – ou se não estou louco, afinal de contas. Não sei bem – mas os outros têm estranhos relatos para contar sobre Edward e Asenath Derby, e até mesmo a polícia, impassível, está desesperada para explicar aquela última e terrível visita. Eles tentaram, sem muito resultado, inventar uma teoria de que se tratava de uma brincadeira medonha ou de um alerta dos criados dispensados, embora, no fundo, soubessem que a verdade era algo infinitamente mais terrível e inacreditável.

Afirmo, portanto, que não matei Edward Derby. Em vez disso, eu o vinguei, e, ao fazê-lo, livrei a terra de tal terror cuja sobrevivência poderia ter libertado horrores incalculáveis sobre toda a humanidade. Existem zonas obscuras, repletas de sombras, próximas aos nossos caminhos diários, e, vez ou outra, alguma alma ruim encontra uma passagem para o lado de cá. Quando isso acontece, o homem que a reconhece deve eliminá-la antes de poder avaliar as consequências.

Convivi com Edward Pickman Derby ao longo de toda a sua vida. Oito anos mais novo, ele era tão precoce que possuíamos muito em comum, mesmo na época em que eu tinha 16 anos, o dobro de sua idade. Era o aluno mais fenomenal que eu já havia conhecido, e, aos 7, escrevia versos sombrios, fantásticos e quase mórbidos, que impressionavam os professores ao seu redor. Talvez sua educação particular e o isolamento mimado tivessem relação com seu amadurecimento precoce. Filho único, demonstrava fraquezas biológicas que alarmaram seus pais, excessivamente cuidadosos, fazendo com que o mantivessem, firmemente, a seu lado. Ele não podia sair sem a companhia da babá, e raramente tinha a chance de brincar sem restrições com outras crianças. Tudo isso, sem dúvida, havia levado o garoto a viver uma estranha vida secreta, em que sua imaginação era o único caminho para a liberdade.

De qualquer maneira, seu aprendizado juvenil era prodigioso e bizarro; e sua facilidade para escrever tinha me cativado, apesar de eu ser mais velho. Naquela época, eu tinha uma propensão a um tipo de arte ligeiramente grotesca, e encontrei no jovem garoto um raro espírito semelhante. Por trás de nossa atração em comum por sombras e fantasmas, estava, certamente, a antiga, putrefata e ligeiramente assustadora cidade em que vivíamos – a amaldiçoada por bruxas e assombrada por lendas Arkham, cujos telhados do tipo gambrel, amontoados e inclinados, e cujas balaustradas georgianas decadentes resistiram por séculos junto do sombrio e murmurante Miskatonic.

Com o passar do tempo, voltei-me para a arquitetura e abandonei meus planos de ilustrar um livro de poemas demoníacos de Edward, embora nossa camaradagem não houvesse se enfraquecido. A estranha genialidade do jovem Derby desenvolveu-se notavelmente, e, quando ele tinha 18 anos, sua coleção de poemas líricos fantasmagóricos chamou bastante atenção, quando publicada sob o título *Azathoth e Outros Horrores*. Ele era um correspondente próximo do notável poeta baudelairiano Justin Geoffrey, que escreveu *O Povo do Monólito* e morreu em 1926, berrando em um sanatório, depois de uma visita a um vilarejo sinistro e malvisto na Hungria.

Quanto à autonomia e às questões práticas, porém, Derby estava bastante atrasado, em virtude de sua mimada vivência. Sua saúde tinha melhorado, mas seus hábitos, que revelavam uma dependência infantil, foram potencializados por pais superprotetores, de modo que ele nunca viajava sozinho, tomava decisões independentes nem assumia responsabilidades. Previa-se que não estivesse em pé de igualdade em uma disputa na área empresarial ou profissional, mas a fortuna da família era tão enorme que tal fato não resultou em nenhuma tragédia. Mesmo ao atingir a maioridade, conservava uma enganosa aparência pueril. Loiro e de olhos azuis, possuía a fresca compleição de uma criança, e sua tentativa em deixar o bigode crescer dificilmente era notada. Sua voz era baixa e suave, e sua vida sedentária lhe conferia o aspecto de um jovem rechonchudo, e não o de um rapaz cuja barriga saliente caracterizava uma meia-idade precoce. Tinha uma altura considerável, e seu rosto bonito poderia tê-lo tornado um notável galanteador, se sua timidez não o conduzisse ao isolamento e à fixação por livros.

Os pais de Derby levavam-no para o exterior todo verão, e ele rapidamente captava e explorava as perspectivas superficiais dos modos europeus de pensar e se expressar. Seus talentos, tais como os de Poe, tornaram-se mais e mais decadentes, e outras sensibilidades e anseios artísticos foram despertados dentro dele. Nós tínhamos boas discussões naquela época. Eu havia estudado em Harvard e, depois, em um escritório de arquitetura em Boston, me casado e, finalmente, retornado a Arkham para exercer minha profissão – instalando-me na propriedade da família, na rua Saltonstall, pois meu pai tinha se mudado para a Flórida, para cuidar da saúde. Edward costumava me visitar todas as noites, de maneira que passei a considerá-lo parte da família. Ele tocava a campainha e ressoava a tranca de um jeito característico, o que acabou se tornando um autêntico código, e, depois do jantar, eu sempre ficava à espera das familiares três batidas rápidas, seguidas de uma pausa e, depois, de mais dois toques. Com menor frequência, eu o visitava em sua casa e observava, com inveja, os volumes obscuros em sua biblioteca, que sempre crescia.

Derby tinha estudado na Universidade de Miskatonic, em Arkham, já que seus pais não lhe permitiam que se afastasse deles. Entrou na faculdade aos 16 anos e completou o curso em três, graduando-se em Literatura Inglesa e Francesa e obtendo notas altas em todas as matérias exceto matemática e ciências. Socializava muito pouco com os outros estudantes, embora parecesse invejar a postura "ousada" ou "boêmia" de alguns – cuja linguagem superficialmente "inteligente" e pose irônica despropositada ele imitava, e cujo comportamento dúbio ele desejava ter a coragem de adotar.

O que de fato fizera foi tornar-se um devoto, quase fanático, da tradição mágica subterrânea, pela qual a biblioteca da universidade era e ainda é tão famosa. Sempre foi um habitante das superfícies da fantasia e da bizarrice, e, agora, mergulhava profundamente nas runas e nos enigmas atuais, deixados por um fabuloso passado, para orientação e espanto da posteridade. Ele lia coisas como o terrível *Livro de Eibon*, o *Unaussprechlichen Kulten*, de Von Junzt, e o proibido *Necronomicon*, do louco Abdul Alhazred, embora nunca tivesse contado isso aos pais. Edward tinha 20 anos quando meu único filho nasceu, e pareceu contente quando o batizei de Edward Derby Upton, em sua homenagem.

Aos 25 anos, Edward Derby já era um homem prodigiosamente culto e um poeta e fantasista razoavelmente bem conhecido, embora sua falta de contatos e de responsabilidades tenham desacelerado seu crescimento literário, de modo que suas obras eram pouco originais e muito eruditas. Eu era, talvez, seu amigo mais próximo – e encontrava nele uma fonte inesgotável de temas teóricos vitais, enquanto ele, por sua vez, contava comigo para pedir conselhos sobre todas as questões que não queria dividir com os pais. Edward permanecia solteiro – mais por conta da timidez, da inércia e da proteção parental que por vontade própria – e transitava pela sociedade de maneira mínima e superficial. Quando veio a guerra, tanto a saúde como a profunda timidez mantiveram-no em casa. Fui a Plattsburg como oficial, mas não cheguei a viajar para além-mar.

E, assim, os anos se passaram, vagarosamente. A mãe de Edward faleceu quando ele tinha 34 anos, e, por meses, ele ficou incapacitado, por conta de alguma estranha doença psicológica. Seu pai o levou à Europa, no entanto, e ele conseguiu superar suas questões sem grandes consequências. Mais tarde, pareceu sentir uma espécie de euforia grotesca, como se tivesse se libertado parcialmente de uma servidão invisível. Começou a socializar no círculo mais "alto" da universidade, apesar da meia-idade, e participou de alguns episódios extremamente loucos – certa vez, pagou uma enorme quantia (que eu havia lhe emprestado) em troca do silêncio sobre sua presença em determinado evento, para que seu pai não ficasse sabendo de nada. Alguns dos rumores sobre esse selvagem grupo de Miskatonic eram bastante singulares. Falavam, inclusive, sobre bruxaria e acontecimentos absolutamente inacreditáveis.

CAPÍTULO 2

Edward tinha 38 anos quando conheceu Asenath Waite. Ela tinha, suponho, 23 anos na época, e frequentava um curso especial de Metafísica Medieval em Miskatonic. A filha de um amigo meu a havia conhecido antes – na Escola Hall em Kingsport – e tendia a evitá-la, por sua estranha reputação. Ela era negra, pequena e muito bonita, com exceção de seus olhos, muito protuberantes; no entanto, algo em sua expressão afastava as pessoas extremamente sensíveis. Eram, todavia, principalmente sua origem e seu tipo de conversa que levavam as pessoas comuns a evitá-la. Ela era um dos Waites, de Innsmouth, e lendas obscuras se acumularam ao longo de gerações sobre a decadente e quase deserta cidade de Innsmouth e seus habitantes. Havia histórias de terríveis acordos, por volta de 1850, e sobre um estranho elemento, que não era "exatamente humano", nas antigas famílias do precário porto de pesca – histórias que apenas os velhos ianques podiam elaborar e repetir com a grandiosidade apropriada.

O caso de Asenath fora agravado pelo fato de que ela era filha de Ephraim Waite – a filha de um idoso com uma esposa desconhecida, cuja identidade fora sempre encoberta. Ephraim vivia em uma mansão um tanto degradada, na rua Washington, em Innsmouth, e aqueles que conheceram o lugar (o povo de Arkham evitava ir a Innsmouth sempre que possível) declaravam que as janelas do sótão estavam sempre cobertas com tábuas, e que sons estranhos ecoavam de dentro da casa quando a noite se se aproximava. O velho era conhecido por ter sido um estudante de magia prodigioso à sua época, e as histórias asseguravam que ele podia tanto provocar como impedir tempestades no mar, de acordo com a própria vontade. Eu o tinha visto uma ou duas vezes, em minha juventude, quando ele vinha a Arkham para consultar livros proibidos na biblioteca da universidade, e detestara sua aparência, feroz e amargurada, com sua emaranhada barba cinza-ferro. Encontrava-se louco quando morreu – sob circunstâncias muito estranhas –, pouco antes de sua filha ingressar na Escola Hall (em testamento, ele havia nomeado o diretor da escola como tutor da garota), mas ela fora sua ávida e soturna pupila e, por vezes, parecia-se diabolicamente com ele.

Meu amigo, cuja filha tinha estudado com Asenath Waite, repetiu muitas histórias curiosas quando as notícias da amizade de Edward com a moça começaram a se espalhar. Asenath, ao que parece, apresentava-se na escola como uma espécie de maga; e, de fato, aparentava realizar certas maravilhas altamente perturbadoras. Declarava ser capaz de convocar tempestades, embora seu sucesso aparente fosse, geralmente, atribuído a alguma estranha habilidade preditiva. Todos os animais, visivelmente, desgostavam dela, e Asenath podia fazer qualquer cão uivar, com apenas alguns movimentos com a mão direita. Houve tempos em que fazia breves demonstrações de conhecimento e linguagem muito peculiares – e muito chocantes – para uma jovem garota; quando amedrontava seus colegas de escola, com inexplicáveis piscadelas e olhares maliciosos, parecia extrair uma obscena e prazerosa zombaria da situação.

Mais extraordinários, porém, eram os casos testemunhados de sua influência sobre as pessoas. Ela era, inquestionavelmente, uma genuína hipnotizadora. Ao encarar estranhamente um colega, com frequência lhe conferia a nítida sensação de troca de personalidade – como se o sujeito trocasse, momentaneamente, de corpo com a maga, e ela, agora do outro lado da sala, pudesse contemplar seu verdadeiro corpo, cujos olhos queimavam e se projetavam com uma estranha expressão. Asenath sempre fazia afirmações desvairadas sobre a natureza da consciência e sua independência da estrutura física – ou, pelo menos, dos processos vitais da estrutura física. Sua maior raiva, entretanto, era o fato de não ser homem, pois acreditava que o cérebro masculino dispunha de certos poderes cósmicos únicos e mais abrangentes. Se possuísse um intelecto do sexo oposto, dizia, poderia não somente se igualar como superar seu pai no domínio das forças desconhecidas.

Edward conheceu Asenath em um encontro da "intelligentsia" realizado no quarto de um dos estudantes, e não falou de outra coisa quando veio me ver, no dia seguinte. Seus muitos interesses e erudição o cativaram enormemente, e, além disso, ficara encantadíssimo com sua aparência. Eu nunca tinha visto a jovem, e lembrei-me apenas vagamente de algumas referências casuais, mas sabia quem era. Parecia bastante lamentável que Derby estivesse tão arrebatado pela moça; mas não o desencorajei, já que a paixão era uma grande concorrente. Ele disse que não contaria nada sobre ela a seu pai.

Nas semanas seguintes, o jovem Derby quase só falou sobre Asenath. Os outros, agora, reparavam nos galanteios outonais de Edward, embora concordassem que ele, definitivamente, não aparentava ter a idade que possuía, e que era bastante apropriado como acompanhante de sua bizarra divindade. Era apenas um simples gorducho, apesar de sua indiferença e seu comodismo, e seu rosto não tinha nenhuma marca do tempo. Asenath, por outro lado, possuía pés de galinha prematuros, que apareceram por causa de intensas atividades.

Nessa época, Edward trouxe a garota em uma visita à minha casa, e notei, de imediato, que o interesse não era, de forma alguma, unilateral. Ela o olhava fixamente, com um ar quase predatório, e percebi que eles já dividiam uma intimidade bastante espontânea. Logo depois, recebi a visita do velho sr. Derby, a quem sempre admirei e respeitei. Ele tinha ouvido as histórias sobre a nova amiga de seu filho, e arrancado toda a verdade do "menino". Edward pretendia se casar com Asenath e estava até mesmo procurando uma casa nos subúrbios. Ciente de minha grande influência sobre o filho, o pai queria saber se eu poderia ajudá-lo a acabar com o inadequado relacionamento; mas, lamentando, expressei minhas dúvidas sobre a possibilidade. Dessa vez, não se tratava da fraqueza de Edward, mas, sim, da determinação da moça. A eterna criança tinha transferido sua dependência da imagem dos pais para uma nova imagem, mais forte, e ninguém poderia fazer nada a respeito.

O casamento foi oficializado um mês depois – por um juiz de paz, de acordo com os desejos da noiva. O sr. Derby, seguindo meu conselho, não se opôs à união, e ele, minha esposa, meu filho e eu comparecemos à breve cerimônia. Os outros convidados eram jovens extravagantes da universidade. Asenath havia comprado a velha casa Crowninshield, no campo, no fim da rua Principal, e eles pensaram em se mudar logo depois de uma breve viagem a Innsmouth, de onde três criados, alguns livros e utensílios domésticos foram trazidos. Provavelmente, não foi tanto a consideração por Edward e seu pai, mas, sim, o desejo pessoal de permanecer perto da faculdade, da biblioteca e de sua turma de "sofisticados" que fizera Asenath se estabelecer em Arkham, em vez de voltar de vez para sua casa.

Quando Edward me visitou, após a lua de mel, achei que parecia levemente mudado. Asenath fizera com que ele se livrasse de seu bigode pouco desenvolvido, mas havia algo mais. Parecia mais sóbrio e pensativo, e seu habitual beicinho de rebeldia infantil fora substituído por uma aparência de quase genuína tristeza. Fiquei intrigado, tentando decidir se gostava ou não da mudança. Certamente, no momento, ele parecia mais adulto do que jamais aparentara. Talvez o casamento tivesse sido algo bom – não poderia a substituição da dependência ter estabelecido um ponto de partida em direção à verdadeira neutralização, levando-o, finalmente, à independência responsável? Ele tinha vindo sozinho, pois Asenath estava muito ocupada. Tinha trazido um enorme volume de livros e instrumentos de Innsmouth (Derby estremeceu enquanto mencionava a cidade), e estava finalizando a reforma da casa e do terreno de Crowninshield.

A casa de Asenath – naquela cidade – era um lugar muito repugnante, mas certos objetos que estavam ali ensinaram-no algumas coisas surpreendentes. Ele progredia rapidamente no estudo de tradições esotéricas, agora que tinha a orientação da esposa. Alguns dos experimentos que ela propunha eram muito ousados e radicais – Edward não se sentia à vontade para descrevê-los –, mas ele tinha confiança em seus poderes e intenções. Os três criados eram bem estranhos: um casal incrivelmente velho – que havia trabalhado para Ephraim e que, eventualmente, se referia a ele e à mãe falecida de Asenath de maneira enigmática – e uma mocinha de pele escura, que tinha marcas de anomalias no rosto e parecia exalar um incessante cheiro de peixe.

Capítulo 3

Ao longo dos dois anos seguintes, vi Derby cada vez menos. Às vezes, uma quinzena inteira passava sem que se ouvissem as familiares "três-pausa-duas" batidas à porta da frente; e, quando ele aparecia – ou quando, como acontecia com uma frequência cada vez menor, eu o visitava –, estava sempre pouco disposto a conversar sobre temas vitais. Tornara-se reservado sobre os estudos de ocultismo, que costumava descrever e discutir de forma minuciosa, e preferia não falar sobre Azenath. Ela havia envelhecido muitíssimo desde o casamento, de modo que agora – curiosamente – parecia ser a mais velha do casal. Seu rosto possuía a expressão mais concentrada e determinada que eu já tinha visto, e todo o seu aspecto parecia ter assumido uma vaga e indefinida repulsividade. Minha esposa e meu filho notaram tais características tanto quanto eu, e, pouco a pouco, paramos de visitá-la – pelo que, meu amigo admitiu, num de seus momentos de indelicadeza infantil, ela estava totalmente grata. Vez ou outra, os Derbys faziam longas viagens – aparentemente, para a Europa, embora Edward, certas vezes, sugerisse destinos mais obscuros.

Foi depois do primeiro ano de casamento que as pessoas começaram a comentar sobre as mudanças em Edward Derby. Tratava-se de comentários bastante casuais, pois as mudanças eram puramente psicológicas; mas levantavam alguns pontos interessantes. De vez em quando, Edward era visto carregando certa expressão e fazendo algumas coisas totalmente incompatíveis com sua usual natureza frouxa. Por exemplo – embora, nos velhos tempos, ele não dirigisse, agora era, ocasionalmente, visto entrando ou saindo, de modo apressado, da entrada da garagem da velha Crowninshield, com o poderoso Packard de Asenath, conduzindo-o com maestria, lidando com complicações no trânsito com uma habilidade e uma determinação que eram totalmente estranhas à sua natureza habitual. Nessas ocasiões, parecia sempre estar voltando ou partindo para alguma viagem – que tipo de viagem ninguém saberia dizer, embora dirigisse constantemente na estrada de Innsmouth.

Estranhamente, a metamorfose não parecia ser de todo agradável. As pessoas diziam que ele se parecia demais com a esposa, ou mesmo com o velho Ephraim Waite, naqueles momentos – ou, talvez, tais momentos parecessem anormais porque eram muito raros. Às vezes, horas depois de ter pegado a estrada, ele retornava apático, esparramado no banco de trás, enquanto um motorista ou mecânico, obviamente contratado, dirigia o automóvel. Além disso, seu aspecto predominante, quando saía para visitar seu círculo cada vez menor de contatos sociais (o que incluía, eu diria, suas visitas à minha casa), era o da antiga indecisão – sua infantilidade irresponsável, ainda mais acentuada que nos velhos tempos. Enquanto as feições de Asenath envelheciam, Edward – à parte aquelas ocasiões excepcionais –, na verdade, afrouxara, revelando um tipo de imaturidade exagerada, com exceção de quando os traços da nova tristeza ou de compaixão atravessavam seu rosto. Era realmente muito intrigante. Enquanto isso, os Derbys tinham praticamente abandonado o animado grupo da universidade – não por desgosto da parte deles, como ficamos sabendo, mas porque algo em seus estudos atuais chocaram até mesmo o mais insensível dos outros colegas decadentes.

Foi no terceiro ano de seu casamento que Edward começou a sugerir, abertamente para mim, certo medo e insatisfação. Deixava escapar comentários sobre as coisas "estarem indo longe demais" e falava, de modo sombrio, sobre a necessidade de "conquistar sua identidade". De início, ignorei tais referências, mas, ao longo do tempo, comecei a questioná-lo, cautelosamente, lembrando do que a filha de meu amigo dissera sobre a influência hipnótica de Asenath sobre outras garotas na escola – aqueles casos em que as estudantes pensavam estar em seu corpo, olhando do outro lado da sala para elas mesmas. Esses questionamentos pareceram, imediatamente, torná-lo alarmado e agradecido, e, certa vez, ele resmungou algo sobre ter uma conversa séria comigo depois. Por volta dessa época, o velho sr. Derby faleceu, pelo que, mais tarde, fiquei muito agradecido. Edward aborreceu-se seriamente, embora, de modo algum, tivesse se desestruturado. Desde seu casamento, surpreendentemente, vira seu pai pouquíssimas vezes, porque Asenath concentrara em si mesma todos os sentidos vitais de ligação familiar dele. Alguns chamaram-no de insensível em sua perda – especialmente quando começou a se intensificar o aspecto vistoso e confiante que assumia ao dirigir. Ele desejava mudar-se para a antiga mansão de sua família, mas Asenath insistia em continuar em Crowninshield, onde estava bem adaptada.

Não muito tempo depois, minha mulher ouviu um fato curioso de uma amiga – uma das poucas que não deixara de visitar os Derbys. Ela tinha ido até o fim da rua Principal, para visitar o casal, e vira um carro sair, rapidamente, para fora da garagem com Edward, estranhamente confiante e com a expressão quase irônica, no volante. Ao tocar a campainha, a repugnante mocinha atendeu e disse que Asenath também estava fora; mas ela conseguiu dar uma olhada na casa antes de sair. Ali, através de uma das janelas da biblioteca de Edward, ela vislumbrou um rosto recolher-se rapidamente – um rosto cuja expressão de dor, frustração e triste desespero era comoventemente indescritível. Era – por incrível que pareça, e apesar de sua aparência dominadora – Asenath; ainda que a visitante jurasse que, naquele instante, enxergara naquele rosto os olhos tristes e confusos do pobre Edward.

As visitas de Edward tornaram-se um pouco mais frequentes e suas sugestões, ocasionalmente mais concretas. Não era possível acreditar no que dizia, mesmo na antiga e assombrada por lendas cidade de Arkham; mas ele despejou seu obscuro conhecimento com tal sinceridade e convicção que se poderia temer por sua sanidade. Falava de terríveis encontros em locais isolados; de ruínas monstruosas no coração das florestas do Maine, abaixo das quais havia grandes escadas que conduziam a abismos de segredos noturnos; de ângulos complexos que, por sua vez, através de paredes invisíveis, levavam a outras regiões no tempo e no espaço; e de horríveis trocas de personalidade que permitiam explorações em lugares remotos e proibidos, em outros mundos e em diferentes contínuos espaço-tempo.

Vez ou outra, sustentava algumas de suas loucas referências exibindo objetos que me deixavam completamente perplexo – objetos de cores indefiníveis e texturas perturbadoras, diferentes de qualquer coisa vista na terra e cujas insanas curvas e superfícies não atendiam a nenhum propósito compreensível, nem seguiam nenhuma geometria concebível. Essas coisas, ele dizia, vinham "de fora"; e sua esposa sabia como obtê-las. Às vezes – mas sempre entre sussurros amedrontadores e ambíguos –, fazia sugestões sobre o velho Ephraim Waite, que ele tinha visto algumas vezes na biblioteca da universidade, no passado. Essas insinuações nunca foram específicas, mas pareciam girar em torno de alguma dúvida especialmente horrível sobre se o velho mago estaria mesmo morto – em um sentido espiritual, mas também corporal.

De vez em quando, Derby interrompia abruptamente suas revelações, e eu me perguntava se Asenath podia, talvez, pressentir seu discurso, a distância, e desconectá-lo por m eio de alguma espécie desconhecida de hipnose telepática – algum poder do tipo que havia demonstrado na escola. Certamente, ela suspeitava que ele me contava certas coisas, pois, com o passar das semanas, tentou impedir suas visitas com palavras e olhares da mais inexplicável potência. Era com dificuldade que ele conseguia me ver, pois, embora fingisse ir a outros lugares, alguma força invisível impedia seus movimentos ou o fazia esquecer-se de seu destino. Suas visitas costumavam acontecer quando Asenath estava fora – "fora em seu próprio corpo", como ele, certa vez, deu a entender, de maneira bem estranha. Ela sempre descobria, mais cedo ou mais tarde – os criados vigiavam as idas e vindas de Edward –, mas, evidentemente, achava inadequado tomar alguma medida drástica.

CAPÍTULO 4

Derby estava casado havia mais de três anos quando, naquele dia de agosto, recebi um telegrama do Maine. Eu não o via fazia dois meses, mas ouvira falar que estava fora "a negócios". Asenath devia estar junto, embora vigilantes fofoqueiros declarassem que havia alguém no andar de cima da casa deles, por trás das janelas duplamente acortinadas. Eles observaram as compras feitas pelos criados. E, agora, o delegado da cidade de Chesuncook havia me telegrafado sobre o homem louco e imundo que cambaleara para fora da floresta, delirando alucinadamente, clamando por mim, pedindo que eu o protegesse. Era Edward – e ele só conseguia se lembrar do seu próprio nome e endereço.

Chesuncook ficava perto da floresta mais selvagem, profunda e menos explorada do Maine, e foi necessário um dia inteiro de agitadas sacudidas no carro, por cenários fantásticos e proibidos, para chegar até lá. Encontrei Derby em uma cela na fazenda da cidade, oscilando entre a loucura e a apatia. Ele me reconheceu de imediato, e começou a despejar uma torrente de palavras sem sentido e um tanto ilógicas em minha direção.

"Dan, pelo amor de Deus! O poço dos *shoggoths*! Seis mil degraus abaixo... a abominação das abominações... Eu nunca a deixaria me dominar, e, então, encontrei-me ali – *Ia*! *Shub-Nigurath*! – A figura se ergueu do altar, e, ali, 500 uivaram – A Coisa Encapuzada berrou '*Kamog! Kamog!*' – Esse era o nome secreto do velho Ephraim no conciliábulo – Eu estava lá, onde ela prometera que não me levaria – Um minuto antes, fui trancado na biblioteca, e então eu estava lá, onde ela fora com o meu corpo – no lugar da absoluta blasfêmia, o poço profano em que o obscuro reino nasce e o observador guarda seus portões – Eu vi um *shoggoth* – ele mudou de forma – Eu não aguento – Vou matá-la se ela me mandar para lá novamente – Vou matar aquela entidade – ela, ele, a coisa – Vou matá-lo! Vou matá-lo com minhas próprias mãos!

Levou uma hora para tranquilizá-lo, mas, afinal, Edward se acalmou. No dia seguinte, consegui roupas decentes para ele na vila, e partimos para Arkham. Sua fúria repleta de histeria havia se esgotado, e ele tendia a ficar em silêncio, embora tivesse começado a murmurar, sombriamente, para si mesmo quando o carro passou por Augusta – como se a vista da cidade despertasse lembranças desagradáveis. Estava claro que ele não queria ir para casa; e, considerando as fantásticas ilusões que ele parecia ter a respeito de sua esposa – ilusões que, sem dúvida, brotavam de alguma penosa experiência hipnótica à qual fora submetido –, pensei que seria melhor que ele, de fato, não fosse. Resolvi que ele ficaria comigo por um tempo, não importava quanto isso desagradasse a Asenath. Depois, eu o ajudaria a conseguir o divórcio, pois, certamente, havia fatores mentais que tinham transformado o casamento em motivo de suicídio para Edward. Quando alcançamos, mais uma vez, o campo aberto, os murmúrios de Derby desapareceram, e deixei-o cochilar no banco do passageiro enquanto eu dirigia.

Durante nossa passagem por Portland, sob o pôr do sol, os murmúrios começaram mais uma vez, agora mais evidentes, e, enquanto eu ouvia, captei uma corrente de bobagens totalmente loucas sobre Asenath. Era óbvio que ela havia afetado os nervos de Edward, pois ele tecia um conjunto completo de alucinações sobre dela. Seu dilema atual, ele resmungou, furtivamente, era um entre muitos. A esposa estava se apoderando dele, e Derby sabia que, algum dia, ela nunca mais o libertaria. Agora mesmo, provavelmente, ela apenas o libertava quando necessário, porque não conseguia manter-se transmutada por muito tempo. Constantemente, ela possuía o corpo dele e ia a lugares inomináveis, para realizar rituais igualmente inomináveis, deixando-o em seu corpo e trancando-o no andar de cima – mas, às vezes, ela não conseguia manter a transmutação, e ele, de repente, se encontrava de volta no próprio corpo, em algum lugar distante, horrível e, talvez, desconhecido. Às vezes, ela conseguia se apossar do corpo dele de novo; às vezes, não. Com frequência ele tinha sido deixado largado em algum lugar, como quando o encontrei – e, assim, precisava descobrir como voltar para casa, de distâncias assustadoras, pagando a alguém para que dirigisse o carro depois de encontrá-lo.

O pior era que ela estava se apoderando dele por períodos cada vez mais longos. Ela queria ser um homem – e completamente humano; esse era o motivo pelo qual o possuía. Sentira nele a combinação de cérebro bem trabalhado com fraqueza de espírito. Algum dia, iria expulsá-lo e desapareceria com seu corpo – desapareceria para tornar-se um grande mago, como seu pai, e o deixaria abandonado naquela concha feminina, que nem era exatamente humana. Sim, agora ele sabia sobre o sangue de Innsmouth. Houvera uma troca com criaturas vindas do mar – era horrível... E o velho Ephraim – ele conhecera o segredo e, quando envelheceu, fez uma coisa horrível para manter-se vivo – queria viver para sempre – Asenath triunfaria – uma manifestação bem-sucedida já havia se realizado.

Enquanto Derby continuava a murmurar, virei-me para observá-lo mais atentamente, confirmando a impressão de mudança que uma análise anterior havia me sugerido. De modo contraditório, ele parecia estar em melhor forma do que normalmente – mais forte, mais desenvolvido, e destituído dos traços de flacidez doentia causada por seus hábitos desleixados. Era como se tivesse se tornado um homem realmente ativo, exercitando-se apropriadamente, pela primeira vez em sua vida mimada, e julguei que a força de Asenath devia tê-lo pressionado por inusitadas vias de movimentação e vigilância. Mas, naquele momento, sua mente se encontrava em um estado lastimável; Edward resmungava loucas extravagâncias sobre a esposa, sobre bruxaria, sobre o velho Ephraim e sobre alguma revelação que convenceria até mesmo a mim. Repetiu nomes que reconheci de antigas pesquisas que realizara em livros proibidos, e às vezes me fazia estremecer ao mencionar certos tópicos de tal consistência mitológica – ou coerência convincente – que permeara toda a sua divagação. De quando em quando, fazia pausas, como se reunindo coragem para revelar um desfecho terrível e decisivo.

"Dan, Dan, você não se lembra dele – olhos selvagens e a barba desgrenhada que nunca embranqueceu? Uma vez, ele me encarou furiosamente, e eu nunca esqueci. Agora, ela me encara daquela maneira. E eu sei o porquê! Ele a encontrou no *Necronomicon* – a fórmula. Ainda não ouso lhe dizer em qual página, mas, quando o fizer, poderá ler e entender. Então, verá o que me envolveu. Sem parar, sem parar, sem parar, sem parar – corpo a corpo a corpo – ele não pretende morrer nunca. O brilho da vida – ele sabe como interromper a ligação... pode até tremeluzir por um tempo, enquanto o corpo está morto. Eu lhe darei pistas, e talvez você adivinhe. Escute, Dan – sabe por que minha esposa sempre se empenha tanto com aquela estúpida escrita inclinada para o lado esquerdo? Você já viu algum manuscrito do velho Ephraim? Quer saber por que estremeci quando vi algumas anotações apressadas que Asenath tinha escrito?

"Asenath – existe tal pessoa? Por que imaginaram que havia veneno no estômago do velho Ephraim? Por que os Gilmans sussurraram sobre o modo com que ele guinchara – como uma criança assustada – quando enlouquecera, e Asenath o trancara no sótão acolchoado em que – o outro – esteve? Era a alma do velho Ephraim que estava trancada ali? Quem trancou a quem? Por que ele havia procurado, durante meses, por alguém que tivesse uma mente requintada e fraqueza de espírito? Por que praguejara por sua filha não ser um menino? Me diga, Daniel Upton – que troca diabólica foi realizada na casa do horror, na qual aquele monstro blasfemo manteve sua filha, meio humana, crédula e repleta de fraqueza de espírito, à sua mercê? Ele não o fez de modo permanente – como ela fará comigo, no fim? Diga-me por que aquela criatura que se autodenomina Asenath escreve de um jeito diferente quando desprevenida, de maneira que se pode dizer que se trata da letra de –"

Então, aconteceu. A voz de Derby se elevava, alcançando um grito fino e agudo enquanto delirava, e, de repente, ele se calou, quase com um clique mecânico. Lembrei-me de todas as outras ocasiões, em minha casa, quando suas confidências se interromperam abruptamente – quando quase imaginei que alguma obscura onda telepática, proveniente da força mental de Asenath, estivesse intervindo de modo a silenciá-lo. Agora, porém, era algo completamente diferente – e, eu senti, infinitamente mais horrível. O rosto ao meu lado se contorceu, tornando-se quase irreconhecível por um momento, enquanto um tremor atravessava todo o seu corpo – como se todos os ossos, órgãos, músculos, nervos e glândulas estivessem se ajustando a uma postura, a um temperamento e a uma personalidade radicalmente diferentes.

Exatamente onde jazia o supremo horror, no entanto, eu não podia afirmar, nem por minha própria vida; ainda assim, fui inundado por uma onda doentia e repulsiva – uma sensação congelante e petrificante de completa estranheza e anormalidade – e meu domínio do volante tornou-se fraco e incerto. A figura ao meu lado parecia-se menos com um amigo de longa data e mais com algum intruso monstruoso do espaço sideral – alguma perversa e completamente amaldiçoada concentração de forças cósmicas malignas e desconhecidas.

Vacilei por apenas um momento, mas, antes mesmo do segundo seguinte, meu companheiro tomou o volante e forçou-me a trocar de lugar com ele. A escuridão, agora, estava bastante densa, e as luzes de Portland já haviam ficado para trás, de modo que eu não podia ver muito de sua expressão. O brilho ardente em seus olhos, no entanto, era fenomenal; e eu sabia que, agora, ele devia estar naquele estranho estado energizado – tão diferente do seu habitual – que tantas pessoas haviam notado. Parecia estranho e incrível que o apático Edward Derby – ele, que nunca se impunha e que nunca aprendera a dirigir – estivesse me dando ordens e tomando o volante do meu próprio carro, ainda que exatamente isso tenha acontecido. Ele ficou em silêncio por algum tempo, e eu, no meu inexplicável horror, fiquei feliz por isso.

Sob as luzes de Biddeford e Saco, observei seu maxilar travado e tremi com o ardor dos seus olhos. As pessoas estavam certas – ele parecia abominavelmente com sua esposa e com o velho Ephraim quando se encontrava com esse humor. Não me espantava que tais temperamentos fossem desagradáveis – certamente havia neles algo de anormal e senti o sinistro elemento com ainda mais força por conta dos loucos delírios que vinha presenciando. Este homem, conhecido por toda uma vida como Edward Pickman Derby, era um estranho – algum tipo de intruso do abismo negro.

Ele não falou nada até que estivéssemos em um trecho escuro da estrada, e, quando o fez, sua voz parecia completamente estranha. Estava mais grave, firme e decidida, como eu jamais havia visto, enquanto seu sotaque e sua pronúncia tinham mudado totalmente – embora, de uma maneira vaga, remota e muito perturbadora, me lembrassem algo que eu não conseguia identificar. Havia, pensei, um traço de ironia muito profunda e genuína em seu timbre – não a pseudoironia exibida e animada, sem sentido, do "sofisticado" imaturo, que Derby simulava em geral, mas algo soturno, simples, penetrante e potencialmente maléfico. Fiquei assombrado com o autodomínio que seguiu, de modo tão imediato, as sessões de murmúrios repletos de pânico.

"Espero que se esqueça do meu ataque lá atrás, Upton", ele dizia. "Você sabe como são meus nervos, e acho que pode me desculpar por esse tipo de coisa. Estou extremamente agradecido, é claro, por esta carona para casa.

"E você precisa esquecer, também, qualquer coisa absurda que eu tenha dito sobre minha esposa – e sobre outros assuntos. É isso que acontece quando se estuda demais, num campo como o meu. Minha filosofia está repleta de conceitos bizarros, e, quando a mente fica exausta, ela inventa todo tipo de aplicações concretas imaginárias. Vou tirar um tempo para descansar a partir de agora – você, provavelmente, não me verá por algum tempo, e não deve culpar Asenath por isso.

"Essa viagem foi um pouco estranha, mas, na verdade, é muito simples. Há certas relíquias indígenas na floresta mais ao norte – pedras eretas e tudo o mais –, o que significa uma boa porção de folclore, e Asenath e eu estamos investigando essas coisas. Foi uma busca intensa, e acho que fiquei meio maluco. Tenho de mandar alguém buscar o carro quando chegar em casa. Um mês de descanso será bom para relaxar."

Não lembro exatamente qual foi minha parte na conversa, pois a perturbadora estranheza do meu acompanhante havia preenchido toda a minha consciência. A cada momento, minha sensação de indescritível horror cósmico crescia, até a altura em que eu me encontrava praticamente delirando, ansiando pelo fim daquela viagem. Derby não deixou o volante, e fiquei contente ao perceber quão rapidamente passávamos por Portsmouth e Newburyport.

Na bifurcação em que a rodovia principal seguia para o interior e desviava de Innsmouth, receei que meu motorista pegasse a sombria estrada da costa, que atravessava aquele lugar maldito. No entanto, não avançou por esse caminho e disparou por Rowley e Ipswich, rumo ao nosso destino. Chegamos a Arkham antes da meia-noite, e encontramos as luzes da velha casa Crowninshield ainda acesas. Derby saiu do carro às pressas, repetindo seus agradecimentos, e eu dirigi para casa sozinho, com um curioso sentimento de alívio. A viagem tinha sido terrível – ainda mais terrível porque eu não sabia explicar o motivo – e não lamentei a previsão de Derby de uma longa ausência da minha companhia.

Capítulo 5

Os dois meses seguintes foram repletos de rumores. As pessoas comentavam que viam Derby cada vez mais em seu estado energizado, e Asenath quase nunca estava em casa para receber visitantes. Edward veio me ver apenas uma vez, quando me chamou, rapidamente, do carro de Asenath – devidamente recuperado do que quer que houvesse acontecido no Maine –, para pegar de volta alguns livros que me emprestara. Estava no seu novo ânimo, e parou apenas pelo tempo suficiente para fazer alguns comentários educados e evasivos. Estava claro que não tinha nada para conversar comigo quando se encontrava nessas condições – e percebi que ele nem mesmo se deu ao trabalho de dar o velho sinal "três-pausa-duas" ao tocar a campainha. Como naquela noite no carro, senti um vago e profundo horror, que não podia explicar; de modo que sua partida ligeira foi um imenso alívio.

Em meados de setembro, Derby ficou fora por uma semana, e alguns dos universitários decadentes falaram claramente sobre o assunto – insinuando um encontro com o famigerado líder de uma seita, havia pouco tempo expulso da Inglaterra e que estabelecera uma sede em Nova York. Quanto a mim, eu não conseguia tirar aquela estranha viagem do Maine da minha cabeça. A transformação que eu havia testemunhado afetou-me profundamente, e me peguei, por vezes e mais vezes, tentando encontrar uma explicação para o acontecido – e para o extremo horror que fora despertado em mim.

No entanto, os boatos mais estranhos eram aqueles sobre o pranto ouvido na velha casa Crowninshield. A voz parecia ser de uma mulher, e alguns dos mais jovens achavam que parecia ser de Asenath. O choro era ouvido ocasionalmente e, às vezes, era sufocado, como que à força. Havia rumores sobre uma investigação, mas eles cessaram, certo dia, quando Asenath apareceu nas ruas e conversou alegremente com um grande número de conhecidos – desculpando-se por sua recente ausência e comentando, casualmente, sobre o colapso nervoso e a histeria de um hóspede que viera de Boston. O hóspede nunca foi visto, mas o aparecimento de Asenath acabou com o falatório. E, então, a situação se complicou quando alguém disse que o choro vinha, vez ou outra, de um homem.

Certa noite, em meados de outubro, ouvi as familiares "três-pausa-duas" batidas à porta da frente. Abri a porta e encontrei Edward nos degraus. Percebi, instantaneamente, que, naquele momento, sua personalidade era aquela antiga, com a qual eu não deparava desde o dia de seus delírios, naquela terrível viagem de Chesuncook. Seu rosto estava contraído, em uma mistura de estranhas emoções, entre as quais o medo e o triunfo pareciam dividir o domínio, e ele olhava, disfarçadamente, sobre os ombros, enquanto eu fechava a porta atrás dele.

Seguindo-me, desajeitadamente, até o escritório, pediu por uma dose de uísque, para acalmar seus nervos. Evitei questioná-lo, mas esperei até que estivesse pronto para falar. Depois de um longo tempo, ele se atreveu a me fornecer algumas informações, com uma voz entrecortada.

"Asenath foi embora, Dan. Tivemos uma longa conversa, ontem à noite, enquanto os criados estavam fora, e eu a fiz prometer que pararia de me atormentar. É claro que eu possuía certas... certas defesas ocultas, sobre as quais nunca te contei. Ela teve de ceder, mas ficou terrivelmente zangada. Acabou de empacotar suas coisas e partiu para Nova York – saiu direto para pegar o trem das 20h20 para Boston. Acredito que as pessoas vão comentar, mas não posso fazer nada. Você não precisa dizer que houve algum problema – diga apenas que ela está fora, em uma longa viagem de pesquisa.

"Ela, provavelmente, ficará com um de seus horríveis grupos de devotos. Espero que desapareça e peça o divórcio – de qualquer modo, eu a fiz prometer que iria se afastar e me deixar em paz. Foi horrível, Dan – ela estava roubando o meu corpo – me expulsando – me aprisionando. Eu fiquei quieto e fingi deixá-la fazer o que quisesse, mas precisava ficar alerta. Eu poderia planejar, se fosse cuidadoso, pois ela não consegue ler minha mente literalmente, nem mesmo detalhes. Tudo o que podia ler dos meus planos era um genérico sentimento de rebelião – e ela sempre pensou que eu fosse incapaz. Nunca pensou que eu pudesse superá-la... Mas eu sabia um ou dois feitiços, que funcionaram."

Derby olhou por cima do ombro e tomou mais um gole do uísque.

"Eu dei algum dinheiro para aqueles malditos criados nesta manhã, quando retornaram. Eles foram hostis e fizeram perguntas, mas foram embora. São seus parentes – gente de Innsmouth – eles estavam mancomunados com ela. Espero que me deixem em paz – não gostei da maneira como riram quando partiram. Preciso recuperar a maior parte dos antigos criados de papai, assim que possível. Vou me mudar de volta para minha antiga casa.

"Suponho que você ache que estou louco, Dan – mas a história de Arkham remete a coisas que confirmam o que lhe contei – e o que estou prestes a lhe contar. Você também viu uma das minhas transformações – no seu carro, depois que lhe revelei sobre Asenath, quando estávamos voltando do Maine. Foi quando ela se apoderou de mim e me expulsou do meu próprio corpo. A última coisa de que me lembro é de quando estava todo exaltado e tentava lhe contar que ela é um demônio. Então, ela me pegou – e, num piscar de olhos, eu estava de volta em casa – na biblioteca, onde aqueles malditos criados tinham me trancado – e dentro do corpo amaldiçoado daquele monstro que nem sequer é humano... Você sabe que foi com ela que voltou para casa – aquele lobo predador no meu corpo – Você deve ter percebido a diferença!"

Estremeci quando Derby pausou. De fato, eu havia notado a diferença – no entanto, poderia aceitar uma explicação tão insana como essa? Meu perturbado interlocutor, porém, estava ficando ainda mais descontrolado.

"Eu precisava me salvar – Eu precisava, Dan! Ela teria se apoderado de mim para sempre no Dia de Todos os Santos – eles realizam um Sabá, logo além de Chesuncook, e o sacrifício teria concluído o processo. Ela teria se apoderado de mim para sempre – ela seria eu, e eu seria ela – para sempre – tarde demais – Meu corpo seria dela para sempre – Ela seria um homem, completamente humano, exatamente como gostaria – Acredito que teria se livrado de mim – matado seu antigo corpo comigo dentro, maldita seja ela, assim como fez no passado – como ela fez, ou como fizera ainda antes." O rosto de Edward, agora, estava horrivelmente distorcido, e ele o inclinou, de modo desconfortável, para perto do meu, enquanto sua voz sumia em um sussurro.

"Você deve se lembrar do que insinuei no carro – que ela nem sequer é Asenath, mas, sim, o velho Ephraim. Suspeitei disso há um ano e meio, e agora tenho certeza. Sua caligrafia o revela quando está desprevenida – às vezes escreve, rapidamente, uma nota em uma caligrafia exatamente como a dos manuscritos de seu pai, letra por letra – e, vez ou outra, diz coisas que ninguém além de um velho como Ephraim diria. Ele trocou de corpo com ela quando sentiu que a morte se aproximava – ela era a única pessoa que ele encontrou com o tipo certo de cérebro e com uma força de vontade fraca o suficiente – ele se apoderou de seu corpo, permanentemente, justamente como ela quase se apoderou do meu, e, então, envenenou o velho corpo em que ele a aprisionara. Você não viu a alma do velho Ephraim reluzindo nos olhos daquela demônia, por dúzias de vezes – e nos meus olhos, quando ela estava controlando meu corpo?"

Edward estava ofegante, e fez uma pausa para respirar. Eu não disse nada; e, quando ele prosseguiu, sua voz estava quase normal. Essa situação, refleti, era caso digno de hospício, mas eu não seria a pessoa que o mandaria para lá. Talvez o tempo e a liberdade de Asenath resolvessem tudo. Eu podia ver que ele não queria se aventurar novamente nesse ocultismo mórbido.

"Vou contar mais depois – tenho de descansar bastante, agora. Vou contar algo sobre os horrores proibidos para os quais ela me conduziu – algo sobre horrores de eras atrás, que, mesmo agora, apodrecem em cantos afastados, enquanto alguns sacerdotes monstruosos os mantêm vivos. Algumas pessoas sabem coisas sobre o universo que ninguém deveria saber, e sabem fazer coisas que ninguém deveria saber fazer. Eu me envolvi nisso até o pescoço, mas é o fim. Hoje, eu queimaria aquele maldito *Necronomicon* e todo o resto, se fosse bibliotecário em Miskatonic.

"Mas, agora, ela não pode me pegar. Tenho de sair daquela casa amaldiçoada o mais rápido possível e me estabelecer na minha antiga residência. Você vai me ajudar, eu sei, se for necessário. Com aqueles criados diabólicos, você sabe – e caso as pessoas façam perguntas demais sobre Asenath. Sabe, não posso dar a eles o endereço dela. E, então, há certos grupos de pesquisadores – certas seitas, sabe – que podem interpretar mal a nossa separação... Alguns deles possuem métodos e ideias terrivelmente estranhas. Sei que você vai me apoiar caso algo aconteça – mesmo que eu precise lhe contar muitas coisas chocantes..."

Fiz com que Edward ficasse e dormisse no quarto de hóspedes naquela noite, e, pela manhã, ele parecia mais calmo. Conversamos sobre alguns possíveis arranjos para sua mudança de volta para a mansão Derby, e desejei que ele não perdesse tempo em se mudar. Não me visitou na noite seguinte, mas eu o vi com frequência nas semanas seguintes. Falamos o mínimo possível sobre assuntos estranhos e desagradáveis, mas discutimos sobre a reforma da velha casa dos Derbys e sobre as viagens que Edward prometeu fazer comigo e com meu filho, no verão.

Sobre Asenath, não falamos praticamente nada, pois percebi que o tópico era particularmente perturbador para ele. As fofocas, é claro, eram abundantes; mas isso não era novidade quando se tratava da estranha vida doméstica na velha casa Crowninshield. Não gostei do que o banqueiro de Derby deixou escapar, de modo muito expansivo, no Miskatonic Club – falou sobre os cheques que Edward enviava, regularmente, para pessoas chamadas Moses e Abigail Sargent e Eunice Babson, em Innsmouth. Ao que parecia, aqueles criados de rostos malignos estavam extorquindo algum tipo de contribuição da parte dele – ainda assim, ele não tinha falado sobre o assunto comigo.

Eu queria que aquele verão – e as férias de Harvard do meu filho – chegassem, e, assim, pudéssemos levar Edward para a Europa. Logo percebi que ele não estava se recuperando tão rapidamente quanto eu esperava, pois havia uma ponta de histeria em seu eventual entusiasmo, enquanto os momentos de medo e depressão se mostravam, no geral, muito frequentes. A velha mansão dos Derbys ficou pronta em dezembro, porém Edward sempre adiava a mudança. Embora odiasse e parecesse temer a casa Crowninshield, ele aparentava, ao mesmo tempo, estar estranhamente escravizado por ela. Parecia não ter começado a desmontar as coisas, e inventava todo tipo de desculpa para atrasar o processo. Quando chamei a atenção dele para essa questão, pareceu ficar inexplicavelmente assustado. O antigo mordomo de seu pai – que estava lá, junto de alguns outros criados recontratados – me disse, certo dia, que as ocasionais rondas de Edward pela casa, e especialmente pela adega, pareciam estranhas e prejudiciais a ele. Perguntei se Asenath estaria escrevendo cartas perturbadoras, mas o mordomo respondeu que não havia correspondência que pudesse ter vindo dela.

Capítulo 6

Era quase Natal quando Derby colapsou, numa noite em que me visitava. Eu direcionava a conversa para as viagens do próximo verão, quando ele, de repente, deu um grito agudo e saltou da cadeira, com um chocante e incontrolável olhar de medo – um pânico cósmico e uma aversão que apenas os inferiores abismos do pesadelo podiam transmitir a qualquer mente sã.

"Meu cérebro! Meu cérebro! Deus, Dan – está me puxando – do além – batendo – agarrando – aquela demônia – mesmo agora – Ephraim – Kamog! Kamog! – O poço de *shoggoths – la! Shub-Niggurath*! A Cabra com Mil Filhotes!

"A chama – a chama – além do corpo, além da vida – na terra – oh, Deus!"

Puxei-o de volta à cadeira e forcei-o a beber um pouco de vinho, enquanto seu delírio afundava, transformando-se em uma sombria apatia . Ele não tentou resistir, mas continuou movendo os lábios, como se falasse consigo mesmo. Logo percebi que estava tentando falar comigo, e aproximei meu ouvido de seus lábios para tentar capturar suas fracas palavras.

"De novo, de novo – ela está tentando – eu deveria saber – nada pode parar aquela força; nem a distância, nem a magia, nem a morte – e ela se aproxima, e se aproxima, especialmente à noite – eu não posso partir – é horrível – Oh, Deus, Dan, se você soubesse, como eu, quão horrível é..."

Quando entrou em um estado de estupor, apoiei-o com travesseiros e deixei que o sono o tomasse. Não chamei um médico, pois sabia o que seria dito sobre sua sanidade, e desejei dar uma chance à natureza, se possível. Ele acordou à meia-noite, e eu o coloquei para dormir no andar de cima; mas foi embora pela manhã. Saiu silenciosamente – e seu mordomo, quando o contatei, disse que ele estava em casa, vagando pela biblioteca.

Edward desmoronou logo depois disso. Não me visitou mais, mas eu o visitava diariamente. Ele estava sempre sentado na biblioteca, olhando para o nada, com um ar anormal de escuta. Às vezes, conversava de modo racional, mas sempre sobre assuntos triviais. Qualquer menção a seus problemas, a planos futuros ou a Asenath fazia com que ele fosse tomado por um delírio. Seu mordomo disse que, à noite, ele tinha ataques medonhos, durante os quais poderia, afinal, se autoflagelar.

Tive uma longa conversa com seu médico, seu banqueiro e seu advogado, e, por fim, levei um clínico e dois especialistas para visitá-lo. Os acessos que resultaram dos primeiros questionamentos foram violentos e lamentáveis – e, naquela noite, uma ambulância levou seu pobre corpo sofrido para o Sanatório Arkham. Fui nomeado seu tutor e visitava-o duas vezes por semana – e quase chorava ao ouvir seus berros selvagens, os sussurros impressionantes e as pavorosas e monótonas repetições de frases como "Eu precisei fazer isso – eu precisei fazer isso – ele vai me pegar – ele vai me pegar – aqui embaixo – aqui embaixo no escuro – Mãe! Mãe! Mãe! Dan! Me salvem – Me salvem."

Se havia esperança de uma recuperação ninguém sabia dizer, mas tentei, ao máximo, ser otimista. Se melhorasse, Edward precisaria de uma casa, então transferi seus criados para a mansão Derby, o que, com certeza, seria sua sã escolha. Não consegui decidir o que fazer com Crowninshield e suas complexas disposições e coleções de objetos totalmente inexplicáveis, então deixei, por ora, tudo como estava – orientando a criadagem de Derby a limpar os quartos principais e o fornalheiro a acender a caldeira uma vez por semana.

O pesadelo final aconteceu antes da Festa da Candelária – anunciado, numa cruel ironia, por um falso lampejo de esperança. Certa manhã, no fim de janeiro, o sanatório telefonou para informar que Edward havia, de repente, recuperado a razão. Sua memória de longo prazo, disseram, estava muito prejudicada; mas a sanidade, em si, fora restaurada. Ele deveria, é claro, ficar um tempo sob observação, mas havia poucas dúvidas sobre o resultado. Se tudo corresse bem, teria alta em uma semana.

Eu me precipitei, transbordando de contentamento, mas

fiquei desnorteado quando uma enfermeira me levou ao quarto de Edward. O paciente se levantou para me cumprimentar, estendendo sua mão, com um sorriso polido; mas, em um instante, percebi que ele carregava a personalidade anormalmente energizada, que parecia tão estranha à sua própria natureza – a personalidade competente que eu considerara tão vagamente horrível e que o próprio Edward tinha jurado ser a alma intrometida de sua esposa.

Havia o mesmo olhar flamejante – tão semelhante ao de Asenath e ao do velho Ephraim – e a mesma boca firme; e, quando ele falou, pude sentir, em sua voz, a mesma ironia sinistra e penetrante – a profunda ironia que evocava a maldade em potencial. Aquela era a pessoa que havia dirigido meu carro pela noite cinco meses antes – a pessoa que eu não via desde aquela breve visita, quando havia esquecido o padrão da batida na porta dos velhos tempos e provocado em mim temores tão nebulosos – e, agora, incitava em mim o mesmo vago sentimento de estranheza blasfema e monstruosidade cósmica indescritível.

Ele falou, amigavelmente, sobre os preparativos de sua libertação, e eu não podia fazer nada além de assentir, apesar de alguns lapsos notáveis em sua memória recente. Ainda assim, senti que algo estava terrível e inexplicavelmente errado e anormal. Havia horrores, ali, que eu não podia compreender.

Tratava-se de uma pessoa sã – mas era realmente o Edward Derby que eu conhecia? Se não, quem ou o que era – e onde estava Edward? Estaria livre ou confinado – ou teria sido eliminado da face da terra? Havia uma sugestão terrivelmente sarcástica em tudo o que a criatura dizia – os olhos, como os de Asenath, demonstravam um escárnio especial e desconcertante a certas palavras sobre a liberdade adiantada, conquistada por meio de um confinamento especialmente restrito! Devo ter me comportado de uma maneira muito estranha, e fiquei feliz em me retirar dali.

Durante todo aquele dia e o seguinte, quebrei a cabeça tentando compreender a situação. O que havia acontecido? Que tipo de mente espreitava através daqueles estranhos olhos no rosto de Edward? Eu não conseguia pensar em nada além desse sombrio e terrível enigma, e desisti de qualquer tentativa de trabalhar normalmente. Na manhã seguinte, me ligaram do hospital informando que o paciente recuperado continuava como no dia anterior, e, à noite, eu estava perto de ter um colapso nervoso – um estado que reconheço, embora outras pessoas jurassem que isso influenciou minha visão subsequente. Não tenho nada a dizer, neste momento, a não ser que nenhuma loucura de minha parte poderia dar conta de todas aquelas evidências.

Capítulo 7

Foi de madrugada – depois daquela segunda noite – que o absoluto, total horror penetrou em mim e pesou em meu espírito, com um pânico obscuro e persistente, do qual nunca poderei me libertar. Tudo começou com um telefonema, um pouco antes da meia-noite. Eu era o único que estava acordado, e, sonolento, atendi ao telefone na biblioteca. Parecia não haver ninguém na linha, e eu estava prestes a desligar e ir para a cama, quando meu ouvido captou um fraco indício de som do outro lado. Estaria alguém tentando falar mas enfrentando alguma dificuldade? Enquanto escutava, pensei ouvir o barulho de algo líquido borbulhando – "glub... glub.. glub" – um barulho que sugeria, de modo estranho, palavras e sílabas inarticuladas e incompreensíveis. Perguntei: "Quem é?". No entanto, a única resposta continuava a ser "glub... glub... glub-glub". Eu podia apenas pressupor que o barulho era mecânico; mas, imaginando que poderia ser o caso de um aparelho quebrado, capaz de receber sons, mas não de emitir, acrescentei: "Não consigo ouvir. É melhor desligar e tentar o serviço de informações". Imediatamente, porém, ouvi alguém bater o fone no gancho do outro lado da linha.

Isso aconteceu, acredito, em torno da meia-noite. Quando, depois, a ligação foi rastreada, descobri que vinha da velha casa Crowninshield, embora já tivesse se passado meia semana desde o dia em que os criados estiveram lá. Devo apenas imaginar o que havia sido encontrado naquela casa – uma bagunça no depósito de uma adega remota, os rastros, a sujeira, o guarda-roupa revirado apressadamente, as confusas marcas no telefone, os artigos de escritório usados de modo desajeitado e o fedor insuportável que pairava sobre tudo. A polícia, pobres tolos, tem suas presunçosas teoriazinhas, e ainda está procurando por aqueles sinistros criados dispensados – que sumiram de vista em meio ao atual furor. Fala-se de uma vingança macabra por algo que fora feito, e dizem que eu estava envolvido, por ser o melhor amigo de Edward e seu conselheiro.

Idiotas! Pensam que aqueles palhaços bestiais poderiam ter falsificado aquela caligrafia? Pensam que poderiam ter provocado o que aconteceu logo depois? Não conseguiam enxergar as mudanças naquele corpo que era de Edward? Quanto a mim, agora acredito em tudo o que Edward havia me contado. Existem horrores além dos limites da vida, dos quais nem sequer suspeitamos, e, de vez em quando, a intromissão maligna de um homem os chama para perto do nosso alcance. Ephraim – Asenath – aquele demônio os convocara, e eles engoliram Edward, do mesmo modo como estão me engolindo.

Posso ter certeza de que estou seguro? Aquelas forças sobrevivem à vida física. No dia seguinte – à tarde, quando saí da prostração, finalmente capaz de andar e falar coerentemente –, fui até o sanatório e atirei em Edward, matando-o para o seu bem e para o bem do mundo, mas como poderia ter certeza, até que ele fosse cremado? Estão mantendo o corpo para algumas autópsias estúpidas, feitas por diversos médicos – mas afirmo que ele precisa ser cremado. Ele deve ser cremado – ele, que não era Edward Derby quando atirei. Vou enlouquecer se não for cremado, porque posso ser o próximo. Mas minha força de vontade não é fraca – e não vou deixar que seja arruinada pelos terrores que sei que estão fervendo a seu redor. Uma vida – Ephraim, Asenath e Edward – quem mais agora? Não serei expulso do meu próprio corpo. Não trocarei de alma com aquele morto-vivo em quem atirei no sanatório.

Mas deixe-me tentar contar, de forma racional, sobre aquele horror decisivo. Não falarei do que a polícia, persistentemente, ignorou – as histórias sobre aquela diminuta, grotesca e malcheirosa criatura, vista por pelo menos três transeuntes na rua Principal, pouco antes das 2 da madrugada, e a natureza das pegadas únicas em certos lugares. Contarei apenas que, por volta das 2 horas, a campainha e a tranca me acordaram – a campainha e a tranca, as duas, foram usadas alternadamente, e de modo hesitante, com um tipo de desespero enfraquecido, ambas tentando reproduzir o antigo sinal de Edward, as "três-pausa-duas" batidas.

Despertada de um sono profundo, minha mente saltou à agitação. Derby estava na porta – e lembrava-se do velho código! Aquela nova personalidade não se lembrava... Teria Edward, de repente, voltado ao seu estado normal? Por que estava aqui, evidentemente nervoso e apressado? Teria sido liberado antes do previsto, ou teria fugido? Talvez, pensei, enquanto vestia um roupão e saltava escada abaixo, o retorno a si mesmo tivesse motivado uma onda de raiva e violência, fazendo com que revogassem sua alta e conduzindo-o a uma desesperada corrida pela liberdade.

O que quer que tivesse acontecido, era o bom e velho Edward novamente, e eu o ajudaria!

Quando abri a porta, para a escuridão provocada pelo olmo arqueado na entrada da casa, a rajada de um vento insuportavelmente fétido quase me amorteceu. Engasguei com a náusea e, por um segundo, mal reparei naquela figura diminuta e corcunda nos degraus. O chamado fora feito por Edward, mas quem era aquela atrofiada e malcheirosa paródia? Para onde Edward teria ido, em tão pouco tempo? Suas batidas soaram apenas um segundo antes que eu abrisse a porta.

A pessoa que havia batido vestia um dos casacos de Edward – sua barra quase tocava o chão, e as mangas estavam enroladas, mas ainda cobriam as mãos. Na cabeça, havia um chapéu de abas largas puxadas para baixo, e um cachecol de seda preto escondia o rosto. Enquanto eu avançava, de modo instável, para a frente, a figura emitiu o som de algo líquido, como aquele que eu ouvira no telefone – "glub... glub..." –, e empurrou para mim uma enorme carta, cuidadosamente escrita e espetada pela ponta de um longo lápis. Ainda cambaleando, em razão do mórbido e inexplicável fedor, agarrei o papel e tentei lê-lo sob a luz da soleira da porta.

Sem dúvida, tratava-se da caligrafia de Edward. Mas por que o tinha escrito, se estivera tão perto, a ponto de tocar a campainha – e por que a escrita estava tão estranha, grosseira e trêmula? Eu não conseguia enxergar nada à meia-luz, então dei um passo para trás, entrando no saguão, enquanto a pequena figura, mecanicamente, arrastava-se à frente, pausando no limiar da porta. O cheiro desse peculiar mensageiro era realmente aterrorizante, e eu esperava (não em vão, graças a Deus!) que minha esposa não acordasse para confrontá-lo.

Então, enquanto lia a carta, senti que meus joelhos cediam e minha visão escurecia. Estava caído no chão quando despertei, minha mão enrijecida de medo, ainda agarrando aquela carta amaldiçoada. Isto era o que ela dizia:

"Dan – vá ao sanatório e mate-o. Extermine-o. Não é mais Edward Derby. Ela me pegou – é Asenath – e ela está morta há três meses e meio. Menti quando disse que ela tinha ido embora. Eu a matei. Tive de matá-la. Foi de repente, mas nós estávamos sozinhos, e eu estava no meu próprio corpo. Vi um castiçal e esmaguei sua cabeça. Ela teria se apoderado de mim para sempre no Dia de Todos os Santos.

"Eu a enterrei no depósito da adega mais afastada, embaixo de algumas caixas velhas, e limpei todos os vestígios. Os criados desconfiaram, na manhã seguinte, mas tinham tantos segredos que não ousaram contar à polícia. Eu os mandei embora, mas Deus sabe o que eles – e os outros integrantes da seita – farão.

"Por um momento, pensei que estava bem, e, então, senti um puxão em meu cérebro. Sabia o que era – deveria ter me lembrado. Uma alma como a dela – ou como a de Ephraim – está praticamente desconectada e segue em frente, viva, mesmo depois da morte, contanto que o corpo não seja destruído. Estava me possuindo – fazendo-me trocar de corpo com ela –, agarrando meu corpo e me aprisionando em seu cadáver, enterrado na adega.

"Eu sabia o que estava por vir – foi por isso que surtei e tive de ir para o sanatório. Mas, então, ela veio – eu me vi sufocado no escuro – na carcaça putrefata de Asenath, lá embaixo, na adega, sob as caixas em que a colocara. E sabia que ela deveria estar no meu corpo, no sanatório – permanentemente, pois foi logo após o Dia de Todos os Santos, e o sacrifício funcionaria mesmo se ela não estivesse lá – sã e pronta para se libertar, como uma ameaça para o mundo. Eu estava desesperado e, apesar de tudo, cavei minha saída.

"Estou muito longe para poder falar – não conseguiria telefonar –, mas ainda posso escrever. De algum modo, vou me restaurar.

Por ora, deixo estas últimas palavras e avisos. Mate aquele demônio, se você valoriza a paz e o conforto do mundo. Garanta que ele seja cremado. Se você não o fizer, ele continuará a viver, de corpo em corpo, para sempre, e não posso lhe dizer o que fará. Fique longe da bruxaria, Dan, isso é coisa do diabo. Adeus – você foi um grande amigo. Diga à polícia qualquer coisa em que possam acreditar – sinto muitíssimo por tê-lo arrastado para tudo isso. Logo estarei em paz – essa coisa não perdurará por muito tempo. Espero que você possa ler isto. E que mate aquela coisa – mate-a.

Do seu amigo,

Ed

Foi apenas mais tarde que consegui ler a segunda metade da carta, pois tinha desmaiado no fim do terceiro parágrafo. Desmaiei novamente quando vi e senti o cheiro do que estava atulhado na soleira da porta, onde o vento abafado soprava. O mensageiro nunca mais se moveria, nem sequer retomaria sua consciência.

O mordomo, homem de mais fibra que eu, não desmaiou com o que encontrou no saguão naquela manhã. Em vez disso, telefonou para a polícia. Quando eles chegaram, fui levado para o andar de cima, para a cama, mas a "outra massa" jazia onde havia colapsado durante a noite. Os homens cobriram o nariz com lenços.

O que, por fim, encontraram dentro das roupas de Edward, estranhamente variadas, era o próprio horror liquefeito. Havia ossos, também – e um crânio esmagado. Uma análise da arcada dentária identificou, positivamente, que se tratava do crânio de Asenath.

Impressão e Acabamento
Gráfica Oceano